The Routledge Modern Greek Reader

The Routledge Modern Greek Reader has been specially designed for post-beginners to advanced learners of Greek.

Written by an experienced instructor, this innovative reader offers both students and teachers of Modern Greek the pedagogical tools to utilise richly textured folktale material in a language class. Students can develop their linguistic skills while simultaneously engaging with the broader social and cultural context of the language.

Features include:

- Twenty-five readings organised according to level of difficulty, beginning with easy short stories and progressing onto more advanced level texts
- Vocabulary lists with English translations and vocabulary in context supporting each reading
- Comprehension questions in each chapter to help foster stronger reading and writing skills
- Language exercises and subject specific tasks to stimulate classroom discussion and help students develop strong essay writing skills in Greek
- Three folktales presented in different dialects at the end of the book to help students understand variety within the Greek language itself
- A complete Greek–English glossary and a list of all idiomatic expressions and colloquial phrases found in the folktales at the end of the book.

Suitable for both class use and independent study, *The Routledge Modern Greek Reader* is an essential tool for increasing language proficiency skills and enriching students' cultural knowledge.

Maria Kaliambou is Senior Lector in Modern Greek at Yale University, USA. Her areas of speciality include Greek folklore, popular literature and book history and she was the recipient of the Lutz Röhrich Prize in Germany.

Routledge Modern Language Readers

Series Editor: Itesh Sachdev,
School of Oriental & African Studies, University of London

Routledge Modern Language Readers provide the intermediate language learner with a selection of readings which give a broad representation of modern writing in the target language.

Each reader contains approximately 20 readings graded in order of difficulty to allow the learner to grow with the book and to acquire the necessary skills to continue reading independently.

Suitable for both class use and independent study, Routledge Modern Language Readers are an essential tool for increasing language proficiency and reading comprehension skills.

Titles in the series

Available:

Chinese
Brazilian Portuguese
Dutch
Hindi
Greek
Japanese
Korean
Polish
Russian
Turkish
Welsh

Forthcoming:

Arabic
Yiddish

The Routledge Modern Greek Reader

Greek Folktales for Learning Modern Greek

Maria Kaliambou

LONDON AND NEW YORK

First published 2015
by Routledge
2 Park Square, Milton Park, Abingdon, Oxon OX14 4RN

Simultaneously published in the USA and Canada
by Routledge
711 Third Avenue, New York, NY 10017

Routledge is an imprint of the Taylor & Francis Group, an informa business

British Library Cataloguing in Publication Data
A catalogue record for this book is available from the British Library

Library of Congress Cataloging in Publication Data
A catalog record has been requested for this book

ISBN: 978-1-138-80963-5 (hbk)
ISBN: 978-1-138-80962-8 (pbk)
ISBN: 978-1-315-74991-4 (ebk)

Typeset in Times New Roman
by Swales & Willis Ltd, Exeter, Devon, UK

Contents

Preface   vii

Acknowledgments   ix

1   Ο κόκορας, η αλεπού κι ο σκύλος   1

2   Οι ποντικοί και το κουδούνι της γάτας   5

3   Η πέρδικα κι η κουκουβάγια   8

4   Από του λύκου το στόμα   12

5   Η γριά κι ο Άγιος Πολύκαρπος   15

6   Ο καλόγερος κι ο Νικολάκης   20

7   Βρεμένα είναι ή ξερά;   27

8   Ο Θοδωρής και το κουδούνι του   32

9   Η αλεπού και τ' άγουρα σταφύλια   36

10 Το φίδι, ο άνθρωπος κι η αλεπού   39

11 Ο χαρτοπαίχτης που φιλοξένησε τον Χριστό   45

12 Οι τρεις καλές συμβουλές   51

13 Όλοι μαζί κολλημένοι   59

14 Το όνειρο   64

15 Το κουκάκι   70

16 Οι Δώδεκα Μήνες   75

17 Η Σταχτοπούτα   80

18 Οι τρεις κόρες   86

19 Ο Χριστός και το παιδί   93

20 Οι εντολές του Θεού   99

21 Η πέτρα της υπομονής   104

22 Ο βασιλιάς Ύπνος   110

23 Η πεντάρα   119

24 Ο Μεγαλέξαντρος, ο γιος του Ήλιου   125

25 Ο φτωχός κι ο πλούσιος   130

Notes   134
Idiomatic Expressions and Colloquial Phrases   138
Glossary   145

Preface

The goal of this book is to offer both students and teachers of Modern Greek the pedagogical tools to utilize Greek folktales for language learning and teaching. Folktales constitute rich, multi-layered material that enhances both language and cultural instruction. I successfully experimented with folktales in all of my language classes while teaching at Yale University, and I witnessed students develop their linguistic skills while simultaneously engaging the broader social and cultural context of the language.

Drawing on my expertise as a folklorist, I have selected various types of folktales from several places in Greece (see Notes below). This reader is intended for intermediate and advanced students. While it begins with short stories that employ relatively easy vocabulary, the difficulty level increases throughout the book as tales become longer and more complicated. At the end, three folktales in different regional dialects are included in order to help advanced students understand variety, still in usage, within the Greek language itself.

This book uses the Modern Greek monotonic system. Older grammatical and orthographic forms have been updated based on the revised grammar of Modern Greek published by the Pedagogical Institute of the Greek Ministry of Education. With the exception of these editorial changes, the texts retain their original form.

Regarding the vocabulary, teachers should encourage students to try to discover the meaning of words on their own. However, each folktale has footnotes that gloss new vocabulary. Based on my teaching experience, the footnote system proved to be the most efficient method for learning the new vocabulary. Mostly contents words (namely nouns, verbs, adjectives, and adverbs) are glossed. Words are only defined the first time that they are used. The footnote shows the word as it appears in the text, and includes additional grammatical information, such as the nominative case of nouns, the three genders of adjectives, or the first person of the present tense of verbs. With this information students learn not only the meaning of the given word, but also its morphology. If a word appears in the text with a secondary meaning, its most common meaning is also provided. Additional information (given in italics) indicate if a word is colloquial, archaic, or in a regional dialect. Particularly the last two categories (archaic words or those in a dialect form) are not to be found in a standard Modern Greek dictionary. Thus, in these cases the standard Modern Greek word is also supplied.

Idiomatic expressions and colloquial phrases are indicated as such in the footnotes. Additionally, at the end of the book an index of all the idiomatic expressions and colloquial phrases with their explanation in English is provided. They are listed in order of occurrence so that the learner can easily locate them. Only when meaningful, a literal translation of some of the expressions is provided in the footnotes of the relevant chapter. Finally there is a complete Greek–English glossary of all vocabulary. It is my hope that these two indexes will help students become familiar with word searches, so that they will be able to use standard Modern Greek dictionaries more easily.

Each folktale is followed by exercises and activities that target different language skills (reading, writing, speaking, and listening). First, the section *Καταλαβαίνουμε το κείμενο;* tests reading comprehension. The section *Ασκήσεις* consists of various exercises for practicing the learned vocabulary and occasionally some grammatical structures. Please note that this reader is not intended to teach grammar, thus, there is no explanation of any grammatical phenomena. The next part, *Γράφουμε*, targets writing skills, and the last one, *Μιλάμε*, focuses on oral skills.

The exercises in this book are either communicative or traditional. The communicative type intends to foster free and unimpeded communication between speakers of the language, whereas more traditional exercises emphasize accuracy and perfection. Depending on the character of each class and the pedagogy of the teacher, the folktales can be taught either in a communicative or in a more traditional manner. Besides the suggested exercises and activities, the teacher can utilize the material in a variety of ways. All of the folktales can be read aloud by the teacher first so that students can practice listening comprehension. I hope that every instructor finds the use of folktales in a language classroom engaging and fun!

Acknowledgments

I am indebted to various people and institutions for giving me permission to use the folktales contained in this book. I would like to thank the Greek Folklore Society, the Institute of Modern Greek Studies (Manolis Triandaphyllidis Foundation of the Aristotle University of Thessaloniki), the Society of Thracian Studies, and both the Daidalos-Zaharopoulos and Indiktos Presses for their immediate support.

I am grateful to the Center for Language Studies at Yale University, which generously awarded me the Instructional Innovational Grant. My thanks go also to the Stavros Niarchos Foundation Center for Hellenic Studies at Yale, which supported my leave of absence so that I could complete this project. I would like to thank Nelleke Van Deusen-Scholl, Director of the Center for Language Studies, and Suzanne Young, Associate Director, as well as my colleagues and friends Sarab Al Ani, Marion Gehlker, Risa Sodi, and Niovi Antonopoulou who carefully listened to all my concerns and provided me with constructive feedback.

My greatest thanks go to all my students over the past seven years who expressed their enthusiasm about my project and were a source of inspiration to me. I would like to take this opportunity to thank deeply my two excellent student research assistants who have been indispensable to this project: Katerina Karatzia, who very eloquently and with a passion for translation carefully checked the vocabulary, and Maria Kouneli, who with her fine linguistic skills and knowledge painstakingly edited and suggested crucial developments to the chapters.

Many good friends have been with me consistently as I pursued this project. Just like the magic helper in the folktales, a good friend can transform the hard way into an easier and happier process—deep and honest thanks to all of them. Finally, I would like to thank my beloved parents, particular my mother whose personal handmade embroideries illustrate this book.

I hope you will enjoy reading Greek folktales and learning Modern Greek!

Maria Kaliambou
October 2014

Chapter 1   Ο κόκορας,[1] η αλεπού[2] κι ο σκύλος[3]

Μια μέρα ένας κόκορας ήταν ανεβασμένος πάνω σε ένα δέντρο[4] κοντά στο σπίτι του και λαλούσε.[5] Τον ακούει μια αλεπού που γύριζε εκεί κοντά και πάει κάτω από το δέντρο κι άρχισε να του μιλάει με γλυκόλογα:[6]

«Κατέβα[7] κάτω, φίλε μου, να κάνουμε παρέα.[8] Τώρα όλα τα ζώα έχουμε ειρήνη[9] μεταξύ μας. Όχι πια πόλεμο! Θα ζούμε σαν φίλοι!»

Ο κόκορας την άκουγε και δεν της μιλούσε. Έσκυβε μόνο κι όλο κοίταζε[10] κατά το σπίτι του αφεντικού του.

«Τι κοιτάζεις, κόκορά μου;» του λέει η αλεπού.

«Κοιτάζω μήπως δω τον φίλο μου τον σκύλο να του πω τα νέα.»

Η αλεπού ακούγοντας πως έχει σκύλο το σπίτι, αφήνει τον κόκορα και φεύγει.[11]

«Πού πας;» της λέει ο κόκορας, «γιατί φοβάσαι;[12] Δεν είπες πως όλα τα ζώα έχουνε τώρα ειρήνη μεταξύ τους;»

«Ναι,» του λέει η αλεπού, «αλλά δεν ξέρω, αν αυτό το έμαθαν κι οι σκύλοι.»

Απαντήστε στις ερωτήσεις.

1.   Πού ήταν ο κόκορας και τι έκανε;

2.   Πού ήταν η αλεπού;

---

1 κόκορας, ο: rooster
2 αλεπού, η: fox
3 σκύλος, ο: dog
4 δέντρο, το: tree
5 λαλούσε (λαλώ): was singing
6 γλυκόλογα, τα: sweet words
7 κατέβα (κατεβαίνω): get down
8 να κάνουμε παρέα (κάνω παρέα) *idiomatic*: to hang out
9 ειρήνη, η: peace
10 κοίταζε (κοιτάζω): was looking
11 φεύγει (φεύγω): [the fox] leaves
12 φοβάσαι (φοβάμαι): are afraid

3.   Τι είπε η αλεπού στον κόκορα;

4.   Ο κόκορας απάντησε στην αλεπού;

5.   Τι κοίταζε ο κόκορας;

6.   Τι έκανε η αλεπού όταν άκουσε ότι έχει σκύλο το σπίτι;

7.   Στο τέλος τι είπε ο κόκορας στην αλεπού;

8.   Τι δεν ξέρει η αλεπού;

Ασκήσεις

1. Βρείτε τη σωστή σημασία των λέξεων. Μία λέξη από τη δεξιά στήλη περισσεύει.

1.	ειρήνη	α.	τραγουδώ
2.	κάνω παρέα	β.	είμαι με φίλους
3.	νέα (τα)	γ.	φιλία, ομόνοια, ησυχία
4.	λαλώ	δ.	παίζω
5.	κοιτάζω	ε.	ειδήσεις
		στ.	βλέπω

2. Βρείτε τα αντίθετα.

πόλεμος   ≠.............................

φεύγω   ≠.............................

γλυκόλογα   ≠.............................

κατεβαίνω   ≠.............................

ναι   ≠.............................

3. Γράψτε προτάσεις με τις παρακάτω εκφράσεις.

α.   «κάνω παρέα»

    ....

β.   «λέω τα νέα»

    ....

4. Ποιες λέξεις βρήκατε σχετικές με ζώα; Γράψτε τες στον ενικό και πληθυντικό αριθμό.

....

....

....

5. Συμπληρώστε τα κενά με το σωστό ρήμα στον Ενεστώτα.

ζω, μαθαίνω, κοιτάζω, φεύγω, φοβάμαι

1. Εγώ και οι γονείς μου .... μια παλιά φωτογραφία, όταν ήμουνα μικρή.

2. Η Μαρία .... πολύ τους σκύλους.

3. Πολλοί άνθρωποι σήμερα .... σε μεγάλες πόλεις.

4. Τι ώρα .... το τρένο;

5. Όλοι οι φοιτητές .... μια ξένη γλώσσα.

Γράφουμε

1. Πώς χαρακτηρίζετε την αλεπού και πώς τον κόκορα; Γράψτε μερικές προτάσεις με επίθετα όπως έξυπνος, κουτός, πονηρός, καλός, κακός, κ.λπ.

2. Γράψτε μία παράγραφο για τα ζώα.
   — Αγαπάτε τα ζώα;
   — Ποια αγαπάτε περισσότερο και γιατί;
   — Μπορείτε να αρχίσετε ως εξής: «Μου αρέσουν πολύ τα ζώα. Έχω ένα μικρό ζώο στο σπίτι μου...»

Μιλάμε

1. Σας άρεσε αυτός ο μύθος του Αισώπου; Ναι, όχι και γιατί;

2. Παίζουμε θέατρο: Η αλεπού κι ο κόκορας συζητούν.
   — Χωριστείτε σε ζεύγη: ο ένας θα είναι ο κόκορας και ο άλλος θα είναι η αλεπού.
   — Σκεφτείτε και παίξτε τον διάλογο ανάμεσα στην αλεπού και τον κόκορα.
   — Βρείτε διαφορετικό τέλος στην ιστορία.

Chapter 2   Οι ποντικοί[1] και το κουδούνι[2] της γάτας

Μια φορά οι ποντικοί έκαναν συμβούλιο[3] πώς να γλιτώσουνε[4] από τα νύχια[5] της γάτας. Ο ένας έλεγε τούτο, ο άλλος εκείνο. Ένας ποντικός σηκώθηκε[6] τότε, κι είπε πως το καλύτερο είναι να κρεμάσουνε[7] στον λαιμό[8] της γάτας ένα κουδούνι, για να την ακούνε από μακριά όταν θα έρχεται και να μην τους πιάνει.[9] Όλοι χαρήκανε για την ιδέα αυτή του συντρόφου[10] τους, κι είπανε πως με αυτό θα γλιτώνανε για καλά από τη γάτα. Σε μια στιγμή[11] όμως ένας άλλος ποντικός σηκώθηκε και ρώτησε.

«Ναι, καλά, αλλά ποιος από μας θα κρεμάσει στον λαιμό της γάτας το κουδούνι;»

Όλοι τότε απομείνανε βουβοί,[12] γιατί σκέφτονταν πως κανείς δε θα μπορούσε να το κάνει αυτό. Κι έτσι πάλι η γάτα έμεινε ελεύθερη[13] να τρώει τους ποντικούς.

Καταλαβαίνουμε το κείμενο;

Σωστό ή Λάθος;

	Σωστό	Λάθος
1. Οι ποντικοί έκαναν τραπέζι.	....	....
2. Οι ποντικοί ήθελαν να γλιτώσουν από τη γάτα.	....	....
3. Ένας ποντικός είπε να κρεμάσουν κουδούνι στη γάτα.	....	....
4. Ο σύντροφος αυτός κρέμασε το κουδούνι στη γάτα.	....	....
5. Η γάτα είναι ελεύθερη να μιλάει με τους ποντικούς.	....	....

---

1 ποντικοί (ποντικός, ο): mice
2 κουδούνι, το: bell
3 έκαναν συμβούλιο (κάνω συμβούλιο) *idiomatic*: convened
4 να γλιτώσουνε (γλιτώνω): to be saved from
5 νύχια (νύχι, το): nail, claw
6 σηκώθηκε (σηκώνομαι): stood up
7 να κρεμάσουνε (κρεμώ, κρεμάω): to hang
8 λαιμό (λαιμός, ο): neck
9 να μην τους πιάνει (πιάνω): not to catch them
10 συντρόφου (σύντροφος, ο): comrade's, fellow's
11 στιγμή, η: moment
12 βουβοί (βουβός, -ή, -ό): speechless, silent
13 ελεύθερη (ελεύθερος, -η, -ο): free, unimpeded

Ασκήσεις

1. Βρείτε τη σωστή σημασία των λέξεων. Μία λέξη από τη δεξιά στήλη περισσεύει.

1. γλιτώνω	α. κάποιος που δε μιλάει
2. σύντροφος	β. ξεφεύγω τον κίνδυνο
3. βουβός	γ. πολύ καλός φίλος
	δ. τρέχω

2. Βρείτε τα αντίθετα.

μακριά   ≠.............................

χαίρομαι   ≠.............................

σηκώνομαι   ≠.............................

3. Βρείτε τη σωστή χρονολογική σειρά των προτάσεων.

Η γάτα μένει και πάλι ελεύθερη.	....
Ένας ποντικός έχει μια ιδέα με το κουδούνι.	....
Ένας ποντικός λέει πως το κουδούνι δεν είναι καλή ιδέα.	....
Οι ποντικοί κάνουν συμβούλιο.	1
Όλοι χαίρονται με την ιδέα του φίλου τους για το κουδούνι.	....
Όλοι μένουν βουβοί.	....

4. Συμπληρώστε τα κενά με τη σωστή αντωνυμία.

εκείνος -η -ο, άλλος -η -ο, ποιος -α -ο, ένας μία/μια ένα,
κανένας/κανείς καμία/καμιά κανένα

1. Μα .... θα βάλει το κουδούνι στη γάτα;

2. Δε θέλω αυτό εδώ το βιβλίο, θέλω .... εκεί.

3. .... φορά κι έναν καιρό, οι ποντικοί έκαναν συμβούλιο.

4. Οι ποντικοί είπαν πως ....δεν μπορούσε να το κάνει αυτό.

5. Ένας ποντικός είπε μια καλή ιδέα, όμως ένας .... σύντροφος σηκώθηκε να ρωτήσει κάτι.

Γράφουμε

1. Ποιο είναι το μήνυμα του παραμυθιού; Συμφωνείτε ή διαφωνείτε και γιατί; Γράψτε μερικές προτάσεις.

2. Γράψτε μερικά παραδείγματα όπου θέλετε να κάνετε κάτι αλλά δεν μπορείτε. Γιατί δεν μπορείτε; Σας λείπει θάρρος ή κάτι άλλο;

Μιλάμε

1. Παίζουμε θέατρο: Η τάξη κάνει συμβούλιο.
   — Σκεφτείτε ένα πρόβλημα που θέλετε να λύσετε. (Παράδειγμα: Έχετε μάθημα νωρίς το πρωί, αλλά δυστυχώς κάποιοι από εσάς κοιμούνται μέχρι αργά το μεσημέρι.)
   — Χωριστείτε σε ομάδες. Κάθε ομάδα έχει διαφορετική άποψη για το πρόβλημα.
   — Ένας φοιτητής θα είναι ο πρόεδρος και θα συντονίζει τις ομάδες.
   — Παίξτε τον διάλογο. Προσπαθήστε να βρείτε τη λύση του προβλήματος.

Chapter 3   Η πέρδικα[1] κι η κουκουβάγια[2]

Μια φορά τα πουλιά[3] είχανε δάσκαλο, για να μάθουν τα παιδιά τους γράμματα. Αλλά τα παιδιά τους ήταν χοντροκέφαλα.[4] Γι' αυτό ο δάσκαλος τα έκλεισε μέσα στο σχολείο νηστικά.[5] Η κουκουβάγια πήρε ψωμί και πήγαινε του παιδιού της στο σχολείο. Στο δρόμο απαντάει[6] την πέρδικα. Η πέρδικα τη ρωτάει πού πάει. Η κουκουβάγια της λέει πως πάει ψωμί του παιδιού της στο σχολείο. Τότε της λέει η πέρδικα:

«Πάρε και τούτο το ψωμί, να το δώσεις του παιδιού μου.»

«Δεν το γνωρίζω,»[7] λέει η κουκουβάγια.

«Όποιο παιδί,» λέει η πέρδικα, «δεις ότι είναι τ' ομορφότερο,[8] εκείνο είναι το παιδί μου.»

Πηγαίνει η κουκουβάγια, δίνει το ψωμί του παιδιού της. Τηρά[9] να δει για το ομορφότερο, δεν έβλεπε κανένα άλλο ομορφότερο από το δικό της, και παίρνει το ψωμί και το πηγαίνει πίσω στην πέρδικα και της λέει.

«Πάρε το ψωμί σου, γιατί εγώ δεν είδα άλλο ομορφότερο παιδί από το δικό μου.»

---

1   πέρδικα, η: partridge

2   κουκουβάγια, η: owl

3   πουλιά (πουλί, το): birds

4   χοντροκέφαλα (χοντροκέφαλος, -η, -ο): stubborn (*literally* thickheaded)

5   νηστικά (νηστικός, -ή, -ό): not having eaten

6   απαντάει (απαντώ, απαντάω) *colloquial*: she meets (*most common meaning* to answer)

7   γνωρίζω: to know, to recognize

8   ομορφότερο (ομορφότερος, -η, -ο): the most beautiful

9   τηρά (τηρώ) *colloquial*: looks (*most common meaning* to observe the rules, to keep my word)

Καταλαβαίνουμε το κείμενο:

Σωστό ή Λάθος;

	Σωστό	Λάθος
1. Τα πουλιά ήταν στο σχολείο.	....	....
2. Ο δάσκαλος δεν τους έδωσε φαγητό.	....	....
3. Η κουκουβάγια πήγε νερό στο παιδί της.	....	....
4. Η πέρδικα πήγε ψωμί στο παιδί της.	....	....
5. Η κουκουβάγια είδε το παιδί της πέρδικας.	....	....

Ασκήσεις

1. Βρείτε τη σωστή σημασία των λέξεων. Μία λέξη από τη δεξιά στήλη περισσεύει.

1. τηρώ	α. αυτός που δεν αλλάζει γνώμη
2. παιδί	β. συναντώ
3. χοντροκέφαλος	γ. αυτός που έχει μεγάλο κεφάλι
4. απαντώ	δ. κοιτάζω, βλέπω
5. γνωρίζω	ε. μικρός, νέος άνθρωπος
	στ. ξέρω

2. Βρείτε τα αντίθετα.

δίνω   ≠..........................

μέσα   ≠..........................

όμορφος   ≠..........................

ρωτώ   ≠..........................

νηστικός   ≠..........................

3. Τι σημαίνει η λέξη «χοντροκέφαλος»; Γράψτε μια πρόταση με αυτήν τη λέξη.

....

....

4. Βρείτε δύο σημασίες για το κάθε ρήμα. Γράψτε προτάσεις με τις διαφορετικές σημασίες.

τηρώ

1. ....

2. ....

απαντώ

1. ....

2. ....

5. Μετατρέψτε στον πληθυντικό όλες τις λέξεις από τις παρακάτω προτάσεις.

1.   Η πέρδικα ρωτάει την κουκουβάγια πού πάει.

   ....

2.   Ο ξάδερφός της είναι χοντροκέφαλος.

   ....

3.   Ο δάσκαλος απαντάει την ερώτηση που έχει ο μαθητής.

   ....

4.   Κάθε μέρα παίρνεις ένα μεγάλο ψωμί από τον φούρνο;

   ....

5.   Το ομορφότερο παιδί είναι το δικό μου!

   ....

Γράφουμε

1.   Σας άρεσε αυτό το παραμύθι με ζώα; Ναι, όχι και γιατί; Γράψτε μερικές προτάσεις.

2.   Γράψτε μια παράγραφο για την άποψη της κουκουβάγιας για το παιδί της. Συμφωνείτε ή διαφωνείτε με την άποψή της;

Μιλάμε

1. Παίζουμε θέατρο: Δύο μητέρες συζητούν για τα παιδιά τους.

   — Χωριστείτε σε ζεύγη. Ο ένας θα είναι η μητέρα κουκουβάγια και ο άλλος θα είναι η μητέρα πέρδικα.

   — Σκεφτείτε έναν διαφορετικό διάλογο ανάμεσα στις δύο.

2. Παίζουμε θέατρο: Μια μέρα στο σχολείο.

   — Μοιράστε τους ρόλους στην τάξη: Κάποιος θα κάνει τον δάσκαλο. Οι υπόλοιποι θα είναι οι «χοντροκέφαλοι» μαθητές.

   — Γιατί ο δάσκαλος αφήνει τα παιδιά νηστικά;

   — Σκεφτείτε και βρείτε διάφορες ερωτήσεις και απαντήσεις ανάμεσα στον δάσκαλο και τους μαθητές.

Chapter 4   Από του λύκου[1] το στόμα

Μια φορά ήταν ένας λύκος, που καθώς έτρωγε, μπήκε ένα αγκάθι[2] στον λαιμό[3] του και πήγε να[4] τον πνίξει.[5] Παρακάλεσε τότε όλα τα ζώα μήπως μπορούσαν να του το βγάλουν,[6] μα κανένα δεν τολμούσε[7] να ζυγώσει[8] στο στόμα του. Ένας κόρακας[9] μονάχα δε φοβήθηκε, κι είπε στον λύκο να του υποσχεθεί[10] αμοιβή[11] και να μπει στο στόμα του να του το βγάλει. Ο λύκος του υποσχέθηκε, κι ο κόρακας μπήκε με τη μύτη[12] του και του έβγαλε τ' αγκάθι. Όταν τελείωσε, ζήτησε από τον λύκο την αμοιβή του. «Μικρή αμοιβή είναι,» του λέει τότε ο λύκος, «που ξέφυγες[13] από του λύκου το στόμα;»

Καταλαβαίνουμε το κείμενο;

Σωστό ή Λάθος;

	Σωστό	Λάθος
1. Ένα αγκάθι μπήκε στον λαιμό του λύκου.	....	....
2. Τα ζώα φοβούνταν να ζυγώσουν στο στόμα του λύκου.	....	....
3. Ο κόρακας ζήτησε αμοιβή για να βγάλει το αγκάθι.	....	....
4. Ο κόρακας έβγαλε το αγκάθι με τη μύτη του.	....	....
5. Ο λύκος έφαγε τον κόρακα.	....	....

---

1 λύκου (λύκος, ο): wolf
2 αγκάθι, το: thorn
3 λαιμό (λαιμός, ο): throat
4 πήγε να... *idiomatic*: almost…
5 να πνίξει (πνίγω): to choke
6 να βγάλουν (βγάζω): to remove
7 τολμούσε (τολμώ): dared
8 να ζυγώσει (ζυγώνω): to approach
9 κόρακας, ο: crow
10 να υποσχεθεί (υπόσχομαι): to promise
11 αμοιβή, η: reward
12 μύτη, η: beak (*most common meaning* nose)
13 ξέφυγες (ξεφεύγω): [you] escaped

Ασκήσεις

1. Βρείτε τη σωστή σημασία των λέξεων. Μία λέξη από τη δεξιά στήλη περισσεύει.

1. τολμώ
2. ζυγώνω
3. υπόσχομαι

α. πλησιάζω, πάω κοντά σε κάτι ή κάποιον
β. προσπαθώ
γ. λέω ότι θα κάνω κάτι
δ. έχω θάρρος για κάτι, δε φοβάμαι

2. Βρείτε τα αντίθετα.

φοβάμαι ≠..........................

βγάζω ≠..........................

τελειώνω ≠..........................

3. Συμπληρώστε τα κενά με το ρήμα «ξεφεύγω» στη σωστή μορφή. Στη συνέχεια, βρείτε το σωστό συνώνυμο για τις διαφορετικές σημασίες του ρήματος.

1. Ευτυχώς ο άρρωστος .... από τον κίνδυνο.
2. Μαρία, πρόσεξε καλά, δεν πρέπει να.. από τον σωστό δρόμο.
3. Ο μαθητής πήρε κακό βαθμό στο τεστ γιατί του .... πολλά λάθη.

   α. δεν προσέχω
   β. γλιτώνω
   γ. βγαίνω

4. Γράψτε όλα τα υπογραμμισμένα ρήματα στον Ενεστώτα.

Μια φορά <u>ήταν</u> ένας λύκος, που καθώς <u>έτρωγε</u>, <u>μπήκε</u> ένα αγκάθι στον λαιμό του να τον πνίξει. <u>Παρακάλεσε</u> τότε όλα τα ζώα μήπως <u>μπορούσαν</u> να του το βγάλουν, μα κανένα δεν <u>τολμούσε</u> να ζυγώσει στο στόμα του. Ένας κόρακας μονάχα δε <u>φοβήθηκε</u>, κι <u>είπε</u> στον λύκο να του υποσχεθεί αμοιβή και να μπει στο στόμα του να του το βγάλει. Ο λύκος του <u>υποσχέθηκε</u>, κι ο κόρακας μπήκε με τη μύτη του και του έβγαλε τ' αγκάθι. Όταν τελείωσε, ζήτησε από τον λύκο την αμοιβή του. «Μικρή αμοιβή είναι,» του λέει τότε ο λύκος, «που ξέφυγες από του λύκου το στόμα;»

....

....

....

....

....

....

Γράφουμε

1. Σας άρεσε αυτό το παραμύθι με ζώα; Ποιο είναι το νόημα του μύθου; Γράψτε μια μικρή παράγραφο.

2. Εσείς θέλετε αμοιβή για κάτι καλό που κάνετε; Ναι, όχι και γιατί; Γράψτε μια μικρή παράγραφο.

Μιλάμε

1. Παίζουμε θέατρο: Τα ζώα μιλούν με τον λύκο.

    — Χωριστείτε σε ομάδες. Ένας είναι ο λύκος, άλλος είναι ο κόρακας, και οι υπόλοιποι της τάξης είναι τα άλλα ζώα.

    — Παίξτε τον διάλογο ανάμεσά τους.

    — Βρείτε διαφορετικό τέλος στην ιστορία.

Chapter 5   Η γριά[1] κι ο Άγιος[2] Πολύκαρπος

Μια φτωχή γριά είχε το καλύβι[3] της έξω από το χωριό και κάθονταν μαζί με το σκυλί της, είχε κι ένα μικρό περιβόλι[4] με μια μεγάλη αχλαδιά.[5]

Η γριά δεν πρόφταινε[6] να φάει από τα μεγάλα αχλάδια, τα έτρωγαν τα παιδιά. Μια μέρα το χειμώνα που είχε κρύο πολύ και φυσούσε δυνατός αέρας η γριά πήγε να κοιμηθεί. Χτυπάει η πόρτα, το σκυλί αρχίζει να γαυγίζει,[7] η γριά ανοίγει την πόρτα και μπαίνει μέσα ένας γέρος κουρελιάρης[8] σαν ζητιάνος[9] και της λέει: «Δεν έχεις κανένα μέρος να ξενυχτήσω[10] απόψε;»

«Έχω ένα κουρελιασμένο στρώμα[11] με άχυρο[12] κι ένα κουρελιασμένο πάπλωμα[13] που σκεπάζομαι, κοιμήσου εσύ που είσαι κουρασμένος.»

Έβαλε τον φτωχό να κοιμηθεί πάνω στο στρώμα κι εκείνη ακούμπησε[14] το κεφάλι της πάνω στο σκυλί κι αποκοιμήθηκε. Η γριά σηκώθηκε πρωί και λέει μέσα της,[15] «να πάω έξω στο χωριό να γυρέψω[16] λίγο ψωμί να φάει ο μουσαφίρης.»[17]

Όταν γύρισε, ο κουρελιάρης τής λέει: «Πού πήγες γριά;»

---

1   γριά, η: old woman
2   Άγιος, ο: Saint
3   καλύβι, το: hut
4   περιβόλι, το: garden, orchard
5   αχλαδιά, η: pear tree
6   δεν πρόφταινε (προφταίνω): she could not make it on time
7   να γαυγίζει (γαυγίζω): to bark
8   κουρελιάρης, -α, -ικο: ragged
9   ζητιάνος, ο: beggar
10   να ξενυχτήσω (ξενυχτώ, ξενυχτάω): to stay for the night (*most common meaning* stay up all night)
11   στρώμα, το: mattress
12   άχυρο, το: straw
13   πάπλωμα, το: duvet
14   ακούμπησε (ακουμπώ, ακουμπάω): leaned on
15   λέει μέσα της *idiomatic*: speaks to herself
16   να γυρέψω (γυρεύω): to ask, to look for
17   μουσαφίρης, ο: guest

«Πήγα στο χωριό να βρω λίγο ψωμί να σου δώσω.»

«Σ' ευχαριστώ, δε θέλω τίποτα, εσύ τι θέλεις από μένα;»

«Τι να θέλω. Θέλω να βρω κανέναν τρόπο να μην έρχονται τα παιδιά και τρώνε τα αχλάδια μου.»

«Μη χολοσκάς,»[18] της είπε ο γέρος, που ήταν ο Άγιος Πολύκαρπος, κι ευλόγησε[19] το δέντρο, όποιος ανεβαίνει να κολλάει.[20]

Ήρθε το καλοκαίρι κι η αχλαδιά ήταν φορτωμένη αχλάδια, το πρώτο παιδί που ανέβηκε κόλλησε και κανένα άλλο δεν τόλμησε να ανεβεί κι η γριά γλίτωσε τα αχλάδια. Ο Χάρος[21] με το δρεπάνι[22] στο χέρι πάει στη γριά και της λέει: «Γριά, ήρθε η ώρα σου, θα σε πάρω.»

«Ανέβα στο δέντρο και κόψε τρία αχλάδια να τρώγω στο δρόμο να δροσίζομαι και πάμε.»

Ανεβαίνει ο Χάρος να τα κόψει, κολλάει πάνω στην αχλαδιά κι έτσι η γριά έζησε ακόμη χρόνια.[23] Μέσα στο χωριό δε βρισκόταν ο Χάρος για να πάρει τις ψυχές,[24] ο γιατρός έδινε φάρμακα, οι άρρωστοι κείτονταν χρόνια κι ο γιατρός έτρεχε να τον βρει. Από τα πολλά[25] τον βρίσκει κολλημένο πάνω στην αχλαδιά.

«Εδώ βρίσκεσαι και δεν κατεβαίνεις να πάρεις τις ψυχές;»

«Μήπως εγώ δε θέλω; Δεν ήξερα πως ο Άγιος Πολύκαρπος ευλόγησε την αχλαδιά όποιος ανεβαίνει να μην ξεκολλάει.»

Η καλή γριά γέρασε[26] πολύ, τα χρόνια την βάραιναν κι ήθελε να ξεκουραστεί. Θυμήθηκε τον Χάρο ανεβασμένο στην αχλαδιά κι ακουμπισμένη στο ραβδί[27] της πάει και τον κατεβάζει από το δέντρο.

Ο Χάρος πήρε όλες τις ψυχές που ήταν για τον άλλο κόσμο, πήρε και την ψυχή της γριάς.

---

18   μη χολοσκάς (χολοσκάω): don't worry
19   ευλόγησε (ευλογώ): he blessed
20   να κολλάει (κολλώ, κολλάω): to stick
21   Χάρος, ο: Death (Charon)
22   δρεπάνι, το: sickle
23   χρόνια, τα (χρόνος, ο): years. (The word ο χρόνος has double plural: οι χρόνοι, τα χρόνια)
24   ψυχές (ψυχή, η): souls
25   από τα πολλά idiomatic: after many times
26   γέρασε (γερνώ, γερνάω): [she] got older
27   ραβδί, το: stick

Καταλαβαίνουμε το κείμενο:

Σωστό ή Λάθος;

	Σωστό	Λάθος
1. Η γριά έτρωγε όλα τα αχλάδια της.	....	....
2. Μια ζεστή μέρα ήρθε ένας ζητιάνος στην καλύβα της.	....	....
3. Ο γέρος κοιμήθηκε στο στρώμα της.	....	....
4. Η γριά δεν είχε ψωμί για τον μουσαφίρη της.	....	....
5. Ο γέρος ευλόγησε και έκοψε την αχλαδιά.	....	....
6. Όλα τα παιδιά κόλλησαν στην αχλαδιά.	....	....
7. Ο Χάρος έφαγε ένα αχλάδι.	....	....
8. Οι άρρωστοι δεν πέθαιναν.	....	....
9. Η γριά γέρασε και κατέβασε τον Χάρο από το δέντρο.	....	....
10. Ο Χάρος πήρε τη γριά στον άλλο κόσμο.	....	....

Ασκήσεις

1. Βρείτε τη σωστή σημασία των λέξεων. Μία λέξη από τη δεξιά στήλη περισσεύει.

1. προφταίνω	α. είμαι
2. γυρεύω	β. θυμάμαι
3. βρίσκομαι	γ. στενοχωριέμαι πολύ
4. χολοσκάω	δ. μεγαλώνω σε ηλικία
5. γερνάω	ε. ζητώ, ρωτώ
	στ. προλαβαίνω

2. Βρείτε τα αντίθετα.

σκεπάζομαι   ≠............................

πρώτος   ≠............................

ανεβαίνω   ≠............................

κρύο   ≠............................

άρρωστος   ≠............................

3. Απαντήστε τις ερωτήσεις και γράψτε προτάσεις.

1.   Θέμα «το κρεβάτι».

α)   Πού κοιμάται η γριά;

....

β)   Βρείτε λέξεις σχετικές με το κρεβάτι και γράψτε δύο προτάσεις.

....

....

2.   Θέμα «ο καιρός».

α)   Τι καιρό έκανε όταν ήρθε ο μουσαφίρης;

....

....

β)   Βρείτε λέξεις σχετικές με τον καιρό και γράψτε δύο προτάσεις.

....

....

4. Συμπληρώστε τα κενά με τη σωστή λέξη από το κείμενο. Στη συνέχεια, μετατρέψτε τις προτάσεις στον πληθυντικό.

1.   Όταν είμαι άρρωστος, πηγαίνω αμέσως στο .... για να δει τι έχω.

....

2. Ο μικρός ανιψιός μου τρώει για πρωινό .... με μαρμελάδα.

    ....

3. Το αγαπημένο μου φρούτο είναι το ....

    ....

4. Η δασκάλα μάς είπε ότι πονάει το .... της.

    ....

5. Στην οικογένειά μου έχουμε ένα μικρό .... που γαυγίζει δυνατά και τρέχει γρήγορα.

    ....

Γράφουμε

1. Γράψτε μια παράγραφο για την κεντρική ιδέα του παραμυθιού. Τελικά, μπορεί κανείς να ξεγελάσει τον Χάρο;

2. Ο Χάρος είναι γνωστός από την αρχαία ελληνική λογοτεχνία. Βρείτε άλλα λογοτεχνικά κείμενα που μιλάνε για τον Χάρο και συγκρίνετέ τα με το παραμύθι αυτό.

Μιλάμε

1. Παίζουμε θέατρο το παραμύθι αυτό.
    — Χωριστείτε σε ομάδες. Κάθε ένας παίρνει ένα ρόλο. Οι ρόλοι είναι οι εξής: γριά, παιδιά, Άγιος Πολύκαρπος, γιατρός, Χάρος.
    — Παίξτε τον διάλογο ανάμεσα στα πρόσωπα του παραμυθιού.

2. Περιγράψτε τον Χάρο.
    — Βρείτε εικόνες του Χάρου στο διαδίκτυο ή σε βιβλία και μιλήστε για το τι φοράει, τι έχει στο χέρι του, πώς είναι το σώμα του κ.λπ.
    — Είναι ο Χάρος ίδιος στην αρχαία Ελλάδα και στη σύγχρονη μυθολογία;
    — Εσείς πώς τον φαντάζεστε;

Chapter 6   Ο καλόγερος[1] κι ο Νικολάκης

Μια φορά ήταν μια χήρα[2] κι είχε ένα παιδί που το έλεγαν Νικόλα. Αυτή η χήρα είχε τάμα[3] να κάνει τους άρτους[4] του Αϊ[5]-Νικόλα. Εκείνον τον χρόνο δεν είχε λεφτά για να τους κάνει και καθόταν κι έκλαιγε. Της λέει το παιδί της:

«Γιατί κλαις, μάνα;»

«Δεν έχω λεφτά, παιδί μου, να κάνω τους άρτους του Αϊ-Νικόλα.»

«Πούλησε[6] εμένα, μάνα, για να τους κάνεις.»

Η μάνα πήρε το παιδί και το πήγε στον βασιλιά.[7]

«Πάρε, βασιλιά, το παιδί μου και δώσε μου χρήματα για να ζήσω.»

Η κόρη του βασιλιά του λέει:

«Πάρε το, πατέρα, να βόσκει[8] τα πρόβατα[9] που έχουμε στο παλάτι.»

«Ε, ας το πάρω, κόρη μου.»

Ο βασιλιάς πήρε το παιδί και το παρέδωσε στην κόρη του. Η κόρη του, το πρωί, του δίνει τα πρόβατα, το ψωμί του και το κρασί και του λέει:

«Πήγαινε, Νικολάκη μου, να βοσκήσεις τα πρόβατα και το βράδυ να τα φέρεις εδώ.»

Πήρε το παιδί τα πρόβατα και πήγε σ' έναν κάμπο.[10] Εκεί που είχε τα πρόβατα, βλέπει έναν καλόγερο που του λέει:

«Τι κάνεις, παιδί μου, εδώ;»

---

1   καλόγερος, ο: monk
2   χήρα, η: widow
3   τάμα, το: vow
4   άρτους (άρτος, ο): sacramental bread for the Eucharist
5   Αϊ: Saint (abbreviated form of Άγιος)
6   πούλησε (πουλώ, πουλάω): sell (*imperative*)
7   βασιλιά (βασιλιάς, ο): king
8   να βόσκει (βόσκω): to graze
9   πρόβατα (πρόβατο, το): sheep
10   κάμπο (κάμπος, ο): plain, field

«Βόσκω τα πρόβατα του βασιλιά, γιατί είμαι σκλάβος[11] του.»

«Ε, καλά, παιδί μου.»

«Κάτσε, καλόγερε, να φάμε.»

Έκατσε ο καλόγερος κι έτρωγαν με το παιδί. Όσο έτρωγαν, το φαΐ δε λιγόστευε.[12] Το βράδυ του λέει ο καλόγερος:

«Σ' αγαπά, παιδί μου, η βασιλοπούλα;»

«Μ' αγαπά, καλόγερε.»

«Το βράδυ που θα πας, βάλε το χέρι σου και πιάσε το μπράτσο[13] της.»

«Και πώς μπορώ, καλόγερε, να πιάσω το μπράτσο της βασιλοπούλας, αφού είμαι σκλάβος;»

«Αυτό που σου λέω εγώ!»

«Ε, καλά, καλόγερε.»

Το βράδυ που έφυγε ο καλόγερος, το παιδί πήρε τα πρόβατα και πήγε στο παλάτι. Η βασιλοπούλα περίμενε πότε θα πάει ο Νικολάκης και μόλις ανέβηκε στο παλάτι, βάζει το χέρι του και πιάνει το μπράτσο της. Η βασιλοπούλα τον κοιτάζει και γελά.[14] Κοιτάζει το μπράτσο της και βλέπει ένα βραχιόλι[15] που άστραφτε.[16] Από τη χαρά της, βγάζει το κεντημένο μαντίλι[17] της και δένει[18] το χέρι της για να μη δει κανείς το βραχιόλι.

Το πρωί ο Νικολάκης πήρε τα πρόβατα και το φαΐ του και πήγε στον κάμπο. Εκεί που ήταν στον κάμπο βλέπει τον καλόγερο που πάει και του λέει:

«Έκανες αυτό που σου είπα;»

«Το έκανα, καλόγερέ μου.»

«Και τι σου είπε;»

«Γέλασε.»

«Το βράδυ που θα πας, να της πιάσεις το άλλο χέρι.»

Το βράδυ, την ώρα που πήγαινε ν' ανεβεί στο παλάτι, βγαίνει η βασιλοπούλα και βάζει το χέρι του και πιάνει το άλλο της μπράτσο. Η βασιλοπούλα κοιτάζει το μπράτσο της και βλέπει άλλο βραχιόλι, καλύτερο από το πρώτο. Τότε η βασιλοπούλα ερωτεύτηκε[19] πολύ τον Νικολάκη.

---

11 σκλάβος, ο: slave
12 λιγόστευε (λιγοστεύω): decreased
13 μπράτσο, το: (upper) arm
14 γελά (γελώ, γελάω): laughs
15 βραχιόλι, το: bracelet
16 άστραφτε (αστράφτω): sparkled
17 μαντίλι, το: handkerchief
18 δένει (δένω): ties
19 ερωτεύτηκε (ερωτεύομαι): fell in love

Έρχεται προξενιό[20] στη βασιλοπούλα από το βασιλόπουλο της Αγγλίας και λέει στον πατέρα της:

«Εγώ, πατέρα, δεν παντρεύομαι!»[21]

«Γιατί, κόρη μου;»

«Γιατί δεν το θέλω το βασιλόπουλο της Αγγλίας.»

«Και ποιον θέλεις, τότε;»

«Θέλω τον Νικολάκη, τον σκλάβο μας.»

«Και τι αξία[22] έχει, κόρη μου, ο Νικολάκης, αφού είναι σκλάβος μας;»

«Ορίστε, πατέρα!» και δείχνει τα βραχιόλια.

«Και πού τα βρήκε, κόρη μου;»

«Με το που μου έπιασε το χέρι, βρέθηκαν στα χέρια μου.»

«Ε, δίκιο έχεις, κόρη μου. Το βράδυ ας μην πάει πια στα πρόβατα.»

Λέει ο καλόγερος στον Νικολάκη:

«Νικολάκη, δε θα έρθεις πια στα πρόβατα, γιατί αύριο θα σε παντρέψει ο βασιλιάς με την κόρη του.»

«Και πώς γίνεται καλόγερε, ο σκλάβος να πάρει τη βασιλοπούλα;»

«Καλά, λέει, Νικολάκη μου, και πώς γινόταν να πουληθείς εσύ, για να μου κάνεις εμένα τους άρτους; Το λοιπόν,[23] κι εγώ μπορώ να κάνω να πάρεις τη βασιλοπούλα. Και στον γάμο[24] σου θα είμαι κι εγώ μαζί σου. Εσύ θα με βλέπεις, αλλά δε θα με βλέπει κανένας άλλος.

«Καλά, Μέγα Νικόλαε!»

Το βράδυ, πηγαίνει στο παλάτι κι αμέσως ο βασιλιάς τον προσκαλεί, του δίνει βασιλικά ρούχα και τον παντρεύει με τη βασιλοπούλα. Όταν έφυγε ο κόσμος, έμεινε η βασιλοπούλα με τον Νικολάκη και τον Άγιο Νικόλαο που λέει στο παλληκάρι:[25]

«Νικολάκη, πήρες τη βασιλοπούλα. Τώρα πρέπει να τη μοιραστούμε,[26] να πάρεις τη μισή εσύ κι εγώ την άλλη μισή.»

«Όχι,» λέει, «Αϊ-Νικόλα μου, να την πάρεις όλη εσύ!»

---

20   προξενιό, το: matchmaking
21   παντρεύομαι: get married
22   αξία, η: value
23   το λοιπόν *colloquial*: so, then, thus (*standard* λοιπόν)
24   γάμο (γάμος, ο): wedding
25   παλληκάρι, το (also παλικάρι): brave young man
26   να μοιραστούμε (μοιράζομαι): to share

«Δεν μπορώ να την πάρω όλη, αλλά θα πάρει ο καθένας από μισή.»

«Ε,» λέει, «ας τη μοιραστούμε.»

Πιάνει ο Αϊ-Νικόλας το ένα πόδι και ο Νικολάκης το άλλο. Βγάζει ο Αϊ-Νικόλας το σπαθί[27] του και μόλις το σηκώνει, τρομάζει[28] η βασιλοπούλα και πετάγεται[29] ξαφνικά ένα θηρίο[30] από την κοιλιά[31] της.

Τότε, ο Αϊ-Νικόλας σκοτώνει[32] το θηρίο και τους λέει:

«Ευλογημένοι[33] να είστε και να ζήσετε καλά!»

Καταλαβαίνουμε το κείμενο;

Βρείτε τη σωστή απάντηση.

1. Τι πρόβλημα είχε η χήρα μάνα;
    α. δεν είχε λεφτά για άρτους
    β. δεν είχε τάμα
    γ. δεν είχε παιδί

2. Η μάνα πήγε το παιδί της
    α. στον βασιλιά
    β. στα πρόβατα
    γ. στη βασιλοπούλα

3. Ποιον βρήκε το παιδί στον κάμπο;
    α. τον βασιλιά
    β. έναν καλόγερο
    γ. ένα παιδί

---

27 σπαθί, το: sword
28 τρομάζει (τρομάζω): scares
29 πετάγεται (πετάγομαι): springs, jumps
30 θηρίο, το: wild beast
31 κοιλιά, η: belly
32 σκοτώνει (σκοτώνω): kills
33 ευλογημένοι (ευλογημένος, -η, -ο): blessed

4. Ο καλόγερος είπε στο παιδί
    α.   να μιλήσει στη βασιλοπούλα
    β.   να πιάσει το μπράτσο της βασιλοπούλας
    γ.   να παντρευτεί τη βασιλοπούλα

5. Η βασιλοπούλα
    α.   πιάνει το μπράτσο της
    β.   κοιτάζει τον Νικολάκη και γελά
    γ.   κεντάει ένα μαντίλι

6. Το άλλο βράδυ ο Νικολάκης
    α.   πιάνει τη βασιλοπούλα
    β.   πιάνει τα χέρια της βασιλοπούλας
    γ.   πιάνει το άλλο χέρι της βασιλοπούλας

7. Η βασιλοπούλα
    α.   θέλει το βασιλόπουλο της Αγγλίας
    β.   δε θέλει τον Νικολάκη
    γ.   δείχνει τα βραχιόλια στον πατέρα της

8. Ο Νικολάκης
    α.   παντρεύεται τη βασιλοπούλα
    β.   πάει στα πρόβατα
    γ.   πάει στο παλάτι με τη βασιλοπούλα

9. Ο άγιος Νικόλαος
    α.   σκοτώνει τη βασιλοπούλα
    β.   σκοτώνει το θηρίο
    γ.   σκοτώνει τον Νικολάκη

Ασκήσεις

1. Βρείτε τη σωστή σημασία των λέξεων. Μία λέξη από τη δεξιά στήλη περισσεύει.

1. λεφτά	α. γυναίκα της οποίας πέθανε ο άντρας
2. τάμα	β. ψωμί
3. χήρα	γ. εκεί που μένει ο βασιλιάς
4. άρτος	δ. υπόσχεση
5. παλάτι	ε. χρήματα
	στ. κλάμα

2. Βρείτε τα αντίθετα.

καλύτερος   ≠.............................

όλος   ≠.............................

παντρεύομαι   ≠.............................

κάμπος   ≠.............................

πουλώ   ≠.............................

3. Φτιάξτε προτάσεις με τις παρακάτω λέξεις.

1. προξενιό, (δε) θέλω, παντρεύομαι

....

2. ερωτεύομαι, παλληκάρι, βασιλοπούλα

....

3. καλόγερος, τάμα

....

4. Συμπληρώστε τις προτάσεις με το σωστό ρήμα στην προστακτική.

πουλώ, κάθομαι, παίρνω, πηγαίνω, βάζω, δίνω

1. Παιδιά, ... στο μάθημά σας αμέσως! Αργήσατε!
2. Έχουμε νόστιμο φαγητό σήμερα. Γιάννη, ... να φάμε μαζί!
3. Για να πετύχει το γλυκό σας ακόμα πιο πολύ, ... και λίγη μαστίχα.
4. Ζωή, ... από την καθηγήτρια τα βιβλία και .... τα στα παιδιά.
5. Το αυτοκίνητό σου έχει πολλά προβλήματα. .... το επιτέλους να ησυχάσεις!

Γράφουμε

1. Γράψτε την ιστορία με δικά σας λόγια. Γράψτε δύο-τρεις παραγράφους.
2. Το παραμύθι αυτό μας δείχνει με συμβολική γλώσσα τη σεξουαλική ενηλικίωση του παλληκαριού. Συγκεκριμένα, ένας καλόγερος/Άγιος συμβουλεύει έναν νέο πώς να πλησιάσει μια κοπέλα. Σας άρεσε αυτό το σπάνιο μοτίβο και γιατί;

1. Παίζουμε θέατρο: Τι λένε ο καλόγερος κι ο Νικολάκης;

— Χωριστείτε σε ζευγάρια και παίξτε τον διάλογο ανάμεσα στον καλόγερο (Άγιο Νικόλαο) και τον Νικολάκη.

— Χρησιμοποιήστε εκφράσεις από το κείμενο με το ρήμα στην προστακτική (*πάρε, πιάσε, κάτσε, πήγαινε* κ.λπ).

— Αν θέλετε, βρείτε άλλο τέλος στην ιστορία.

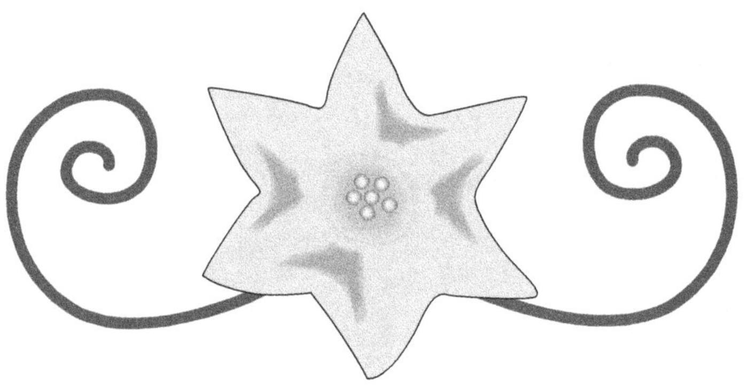

Chapter 7   Βρεμένα[1] είναι ή ξερά;[2]

Μια φορά ήταν ένας τεμπέλης,[3] από τους πιο μεγάλους τεμπέληδες του κόσμου. Ο αθεόφοβος[4] φοβότανε τη δουλειά, όσο δε φοβότανε τον διάβολο. Αν του έδινες ψωμί, έτρωγε, αν δεν του έδινες, μπορούσε να ψοφήσει[5] από την πείνα.

Μια μέρα βασίλεψε[6] ο ήλιος κι αυτός δεν είχε βάλει τίποτα στο στόμα του. Την άλλη μέρα, για να μην τον αναγκάσει[7] η πείνα να δουλέψει, σκέφτηκε να κάνει τον πεθαμένο[8] στα ψέματα.[9] «Πιο καλά να με θάψουν,»[10] είπε μέσα του, «παρά να μου δώσουν δουλειά.»

Τον είδαν οι γείτονες ξαπλωμένο[11] στο στρώμα του και κοκαλωμένο,[12] τον νόμισαν για νεκρό[13] και φώναξαν τους παπάδες[14] να τον πάρουν.

Στον δρόμο που πήγαινε το λείψανο[15] του τεμπέλη, μια γυναίκα είδε τον πεθαμένο, τον λυπήθηκε και είπε από το παράθυρό της: «Ο κακόμοιρος![16] Από την πείνα του θα πέθανε! Πού να το ήξερα χτες να του στείλω κάμποσα παξιμάδια[17] που έχω!»

---

1 βρεμένα (βρε(γ)μένος, -η, -ο): wet
2 ξερά (ξερός, -ή, -ό): dry
3 τεμπέλης (τεμπέλης, -α, -ικο): lazy
4 αθεόφοβος (αθεόφοβος, -η, -ο): rascal (*literally* the one who does not fear God)
5 να ψοφήσει (ψοφώ, ψοφάω): *figuratively* to starve (*literally* to die [for animals])
6 βασίλεψε (βασιλεύω): set, went down
7 για να μην τον αναγκάσει (αναγκάζω): not to force him
8 πεθαμένος (πεθαμένος, -η, -ο): dead
9 ψέματα (ψέμα, το): lies (κάνω στα ψέματα *idiomatic*: to pretend, to feign)
10 να θάψουν (θάβω): to bury
11 ξαπλωμένο (ξαπλωμένος, -η, -ο): recumbent, lying
12 κοκαλωμένο (κοκαλωμένος, -η, -ο): frozen in place
13 νεκρό (νεκρός, -ή, -ό): dead
14 παπάδες (παπάς, ο): priest
15 λείψανο, το: corpse
16 κακόμοιρος (κακόμοιρος, -η, -ο και κακομοίρης, -α, -ικο): poor, wretched
17 παξιμάδια (παξιμάδι, το): cracker, biscuit

Ο τεμπέλης από το κιβούρι[18] του μέσα, σαν[19] άκουσε τα λόγια της γυναίκας που τον λυπήθηκε, άνοιξε τα μάτια του και ρώτησε:

«Βρεμένα είναι ή ξερά;»

«Ξερά,» του λέει η γυναίκα.

«Ε! τότε ψάλλετε,[20] παπάδες, ψάλλετε,» λέει ο τεμπέλης και κλείνει τα μάτια του.

Ο γρουσούζης[21] προτίμησε[22] να θαφτεί ζωντανός, παρά να κάνει τον κόπο[23] να μουσκέψει[24] τα παξιμάδια.

Καταλαβαίνουμε το κείμενο:

Βρείτε τη σωστή απάντηση.

1. Τι φοβόταν ο τεμπέλης πιο πολύ απ'όλα;
   α. τη δουλειά
   β. τον διάβολο
   γ. την πείνα

2. Ο τεμπέλης την άλλη μέρα
   α. πήγε στους γείτονες
   β. έκανε τον πεθαμένο
   γ. βρήκε δουλειά

3. Τι έκαναν οι γείτονές του όταν τον είδαν;
   α. τον λυπήθηκαν
   β. φώναξαν τον παπά
   γ. τον έκαναν καλά

4. Τι έγινε στον δρόμο που πήγαινε το λείψανο του τεμπέλη;
   α. ο παπάς έψαλε
   β. ο τεμπέλης σηκώθηκε
   γ. μια γυναίκα τον λυπήθηκε και ήθελε να του δώσει παξιμάδι

---

18 κιβούρι, το *colloquial*: coffin (*standard* φέρετρο, το)
19 σαν *colloquial*: when (*standard* όταν)
20 ψάλλετε (ψάλλω): chant, sing
21 γρουσούζης (γρουσούζης, -α, -ικο): somebody who brings bad luck
22 προτίμησε (προτιμώ): [he] preferred
23 να κάνει τον κόπο (κάνω τον κόπο *idiomatic*): to bother, to make an effort
24 να μουσκέψει (μουσκεύω): to soak

5. Τι έκανε ο τεμπέλης στο τέλος;

   α. είπε ότι πεινάει πολύ

   β. ρώτησε αν είναι βρεμένα τα παξιμάδια

   γ. έφαγε τα παξιμάδια

Ασκήσεις

1. Βρείτε τη σωστή σημασία των λέξεων. Μία λέξη από τη δεξιά στήλη περισσεύει.

1.	πεθαμένος	α.	αυτό που νιώθω όταν δεν τρώω
2.	πείνα	β.	νεκρός
3.	παξιμάδι	γ.	ζωντανός
4.	ψέματα	δ.	όταν κάτι δεν είναι αλήθεια
5.	γείτονας	ε.	ξερό ψωμί
		στ.	αυτός που μένει κοντά μου

2. Βρείτε τα αντίθετα.

ζωντανός   ≠............................

τεμπέλης   ≠............................

βρεμένος   ≠............................

χθες   ≠............................

ανοίγω   ≠............................

3. Συμπληρώστε τις προτάσεις με τη σωστή έκφραση.

«στα ψέματα», «βάζω στο στόμα μου», «κάνω τον κόπο»

1. Χρειάζομαι αυτά τα βιβλία για το μάθημα. Σας παρακαλώ, μπορείτε να .... να τα στείλετε στη βιβλιοθήκη μας;

2. Έλα, βρε παιδί μου! .... το είπα! Μην τα παίρνεις όλα τόσο σοβαρά!

3. Πεινάω πάρα πολύ. Όλη μέρα δεν .... τίποτα!

4. Συμπληρώστε τις προτάσεις με τη σωστή λέξη στη σωστή μορφή.

γρουσούζης, κακόμοιρος, αθεόφοβος

1. Αυτό το .... παιδί δεν έχει κανέναν στον κόσμο, ούτε σπίτι, ούτε φαγητό.

2. Βρε τον ....! Έκανε τέτοιο πράγμα χωρίς να έχει κανένα πρόβλημα;

3. Αχ, δε θέλω να μιλήσω σε εκείνη τη γυναίκα. Είναι πολύ ....! Κάθε φορά που τη βλέπω κάτι κακό μου συμβαίνει!

5. Συμπληρώστε τα κενά με το επίθετο ή το επίρρημα στον σωστό βαθμό (θετικό, συγκριτικό, σχετικό και απόλυτο υπερθετικό).

1. Αυτός ήταν ο .... του κόσμου! (τεμπέλης)

2. Ο γείτονάς μου είναι τόσο .... όσο και κακός! (γρουσούζης)

3. Αυτά τα παξιμάδια είναι δυστυχώς ....! Δεν τρώγονται. (ξερός)

4. Ο τεμπέλης φοβάται .... τη δουλειά από τον διάβολο. (πολύ)

5. «... να με θάψουν, παρά να δουλέψω,» σκέφτηκε ο τεμπέλης. (καλά)

Γράφουμε

Διαβάστε ξανά το κείμενο και απαντήστε στις ερωτήσεις:

— Σας άρεσε αυτό το παραμύθι και γιατί;

— Ποιον άνθρωπο περιγράφει το παραμύθι; Αυτόν που αγαπάει ή αυτόν που μισεί τη δουλειά;

— Από αυτό το παραμύθι βγαίνει η παροιμία «Θέλει βρεμένο το παξιμάδι». Εξηγήστε με μερικές προτάσεις τι σημαίνει η παροιμία αυτή.

— Έχετε τεμπέληδες φίλους; Δώστε παραδείγματα από τη συμπεριφορά τους.

Μιλάμε

1. Σκεφτείτε μια κατάσταση όπου εσείς είστε (λίγο;) «τεμπέληδες». (Για παράδειγμα δε θέλετε να γράψετε μια εργασία στο Πανεπιστήμιο).

   — Πείτε τι είναι αυτό που δε θέλετε να κάνετε και γιατί.

   — Βρίσκετε μια δικαιολογία για να αποφύγετε την εργασία αυτή. Τι λέτε ακριβώς;

   — Πετυχαίνετε τον στόχο σας;

2. Ξέρετε άλλα παραμύθια (ή και τραγούδια) που περιγράφουν με αστείο τρόπο ανθρώπινους χαρακτήρες; Αν όχι, βρείτε στη βιβλιοθήκη ή στο διαδίκτυο μερικά και παρουσιάστε τα στην τάξη.

Chapter 8   Ο Θοδωρής και το κουδούνι του

Μια φορά κι έναν καιρό[1] ήταν ένα παιδάκι που το λέγανε Θοδωρή. Ο Θοδωρής λοιπόν ήθελε πολύ να έχει ένα κουδούνι, να παίζει όπως τα άλλα παιδιά, και γι' αυτό παρακάλεσε τον Θεό[2] να του το στείλει. Ο Θεός άκουσε την προσευχή[3] του Θοδωρή, κι ένα πρωί βρέθηκε κρεμασμένο[4] στο κρεβάτι του ένα όμορφο γυαλιστερό[5] κουδούνι. Το πήρε το παιδί στα χέρια του, κι άρχισε να το κουδουνίζει[6] και να παίζει. Όλη μέρα το κουδούνιζε κι έτρεχε από 'δω κι από 'κεί,[7] για να το δείξει στα γειτονόπουλα.[8]

Μια μέρα βγήκε στον κήπο του ο Θοδωρής, κι αφού έπαιξε πολλές ώρες με το κουδουνάκι του, κουράστηκε και πήγε και το κρέμασε σ' ένα δέντρο. Μα εκεί που το είχε κρεμασμένο, ξαφνικά είδε πως το δέντρο μεγάλωνε, ψήλωνε,[9] ψήλωνε κι έπαιρνε και το κουδούνι του μαζί, και πια δεν μπόρεσε να το φτάσει. Άρχισε τότε να κλαίει και να παρακαλεί: «Δέντρο, δεντράκι μου, χαμήλωσε[10] λιγάκι, να πάρω πίσω το κουδουνάκι μου!» «Όχι, δε χαμηλώνω,» του λέει το δέντρο. Τότε του λέει κι ο Θοδωρής: «Θα πάω να πω στη φωτιά[11] να έρθει να σε κάψει!»[12] «Και δεν πας;» του λέει το δέντρο.

Πάει τότε ο Θοδωρής στη φωτιά και της λέει: «Φωτιά, φωτίτσα μου, πήγαινε στο δέντρο, να του πεις πως θα το κάψεις, για να φοβηθεί να χαμηλώσει, και να πάρω πίσω το κουδουνάκι μου!» «Όχι, δεν πάω,» του λέει η φωτιά. «Μα κι εγώ θα πάω στο ποτάμι,[13] να του πω να έρθει να σε σβήσει!»[14] «Και δεν πας;» του λέει η φωτιά.

Πάει λοιπόν ο Θοδωρής στο ποτάμι και του λέει: «Ποτάμι, ποταμάκι μου, πήγαινε το νερό σου στη φωτιά, κι η φωτιά να φοβηθεί να πάει να κάψει το δέντρο, και το δέντρο να χαμηλώσει, να πάρω πίσω το κουδουνάκι μου!» «Όχι, δεν πάω,» του λέει το ποτάμι. «Τότε κι εγώ θα πάω να πω στην αγελάδα[15] να έρθει να σε ρουφήξει!»[16] «Και δεν πας;» του λέει το ποτάμι.

---

1   μια φορά κι έναν καιρό *idiomatic*: once upon a time
2   Θεός, ο: God
3   προσευχή, η: prayer
4   κρεμασμένο (κρεμασμένος, -η, -ο): hanging
5   γυαλιστερό (γυαλιστερός, -ή, -ό): shiny
6   να κουδουνίζει (κουδουνίζω): to jingle
7   από 'δω κι από 'κει *idiomatic*: everywhere
8   γειτονόπουλα (γειτονόπουλο, το): neighborhood children
9   ψήλωνε (ψηλώνω): was growing taller
10   χαμήλωσε (χαμηλώνω): lower (imperative)
11   φωτιά, η: fire
12   να κάψει (καίω): to burn
13   ποτάμι, το: river
14   να σβήσει (σβήνω): to blow out, to put out
15   αγελάδα, η: cow
16   να ρουφήξει (ρουφώ, ρουφάω): to suck

Πάει λοιπόν στην αγελάδα το παιδί, και της λέει: «Γελάδα, γελαδίτσα μου, πήγαινε στο ποτάμι να του πιεις το νερό, το νερό να φοβηθεί να πάει να σβήσει τη φωτιά, η φωτιά να φοβηθεί να πάει να κάψει το δέντρο, και το δέντρο να χαμηλώσει, να πάρω πίσω το κουδουνάκι μου!» «Όχι, δεν πάω,» του λέει η αγελάδα. «Καλά λοιπόν, τότε θα πάω κι εγώ στον σκύλο να του πω να έρθει να σε κυνηγήσει!»[17] «Και δεν πας;» του λέει η αγελάδα.

Πάει λοιπόν στον σκύλο ο Θοδωρής, και του λέει: «Σκυλί, σκυλάκι μου, έλα να κυνηγήσεις τη γελάδα, να φοβηθεί να πάει στο ποτάμι να του πιει το νερό, το ποτάμι να πάει να σβήσει τη φωτιά, η φωτιά να πάει να κάψει το δέντρο, και το δέντρο να φοβηθεί να χαμηλώσει, και να πάρω πίσω το κουδουνάκι μου!» «Όχι δεν πάω,» του λέει ο σκύλος. «Τότε θα πάω να πω στο ποντικάκι να έρθει να σε γαργαλίσει!»[18] «Και δεν πας;» του λέει ο σκύλος.

Πάει λοιπόν ο Θοδωρής στο ποντικάκι και του λέει: «Ποντίκι, ποντικάκι μου, πήγαινε στον σκύλο να τον γαργαλίσεις, κι ο σκύλος να φοβηθεί να κυνηγήσει τη γελάδα, η γελάδα να ρουφήξει το νερό, το νερό να πάει να σβήσει τη φωτιά, η φωτιά να φοβηθεί να πάει να κάψει το δέντρο, και το δέντρο να χαμηλώσει, να πάρω πίσω το κουδουνάκι μου!» «Όχι δεν πάω,» του λέει και το ποντικάκι.

Απελπισμένος[19] ο Θοδωρής γύριζε στον δρόμο. Ξαφνικά βλέπει μια γάτα και της λέει: «Γάτα, γατούλα μου, πήγαινε να φας το ποντικάκι, το ποντικάκι να φοβηθεί και να γαργαλίσει τον σκύλο, ο σκύλος να κυνηγήσει την αγελάδα, η αγελάδα να ρουφήξει το ποτάμι, το ποτάμι να πάει να σβήσει τη φωτιά, η φωτιά να φοβερίσει το δέντρο, και το δέντρο να χαμηλώσει, να πάρω πίσω το κουδουνάκι μου.» «Ναι, πάω!» του λέει η γάτα. Κι έτρεξε αμέσως και κυνήγησε το ποντικάκι.

Τότε το ποντικάκι φοβήθηκε και πήγε και γαργάλισε τον σκύλο. Ο σκύλος έφυγε και κυνήγησε την αγελάδα, η αγελάδα πήγε στο ποτάμι να το ρουφήξει, το ποτάμι φοβήθηκε κι έτρεξε να σβήσει τη φωτιά, η φωτιά φοβέρισε το δέντρο, και το δέντρο τότε χαμήλωσε τα κλωνάρια του, κι έτσι πήρε το κουδούνι του ο Θοδωρής και ξανάπαιζε, αλλά δε βγήκε άλλο στον κήπο! . . .

Καταλαβαίνουμε το κείμενο;

Απαντήστε στις ερωτήσεις.

1. Τι ήθελε ο Θοδωρής να του στείλει ο Θεός;

2. Πού πήγε να παίξει με το δώρο του ο Θοδωρής;

3. Τι έκανε το δέντρο;

4. Σε ποιους μίλησε ο Θοδωρής και με ποια σειρά;

5. Ο Θοδωρής πήρε το κουδούνι του πίσω;

---

17   να κυνηγήσει (κυνηγώ, κυνηγάω): to hunt
18   να γαργαλίσει (γαργαλώ, γαργαλάω): to tickle
19   απελπισμένος (απελπισμένος, -η, -ο): hopeless

Ασκήσεις

1. Βρείτε τη σωστή σημασία των λέξεων. Μία λέξη από τη δεξιά στήλη περισσεύει.

1. κουδουνίζω
2. προσευχή
3. χαμηλώνω
4. απελπισμένος
5. φοβάμαι

α. όταν παρακαλώ τον Θεό για κάτι
β. κατεβάζω
γ. δεν έχω θάρρος
δ. όταν δεν έχω ελπίδα
ε. κυνηγώ
στ. χτυπώ, κάνω θόρυβο σαν κουδούνι

2. Βρείτε τα αντίθετα.

γυαλιστερός   ≠.............................
μεγαλώνω   ≠.............................
καίω   ≠.............................
χαμηλώνω   ≠.............................
εδώ   ≠.............................

3. Βρείτε συνώνυμες εκφράσεις για τις υπογραμμισμένες λέξεις.

1. Είχε πολλή φασαρία στη δουλειά σήμερα. Το κεφάλι μου <u>έγινε κουδούνι</u>.

   ....

2. Με <u>κυνηγάνε</u> οι τύψεις.

   ....

3. Θέλω να γράψω ένα καινούριο βιβλίο. Η ιδέα αυτή με <u>γαργαλάει</u> πολύ!

   ....

4. Συμπληρώστε τα κενά με το ουσιαστικό στην υποκοριστική μορφή (π.χ. κουδούνι – κουδουνάκι).

γάτα, σκυλί, Θεός, ποτάμι, δέντρο

1.   Δίπλα στο σπίτι μας στο δάσος είναι ένα .... με πολύ καθαρό νερό!

2.   Η Μαρία πάντα ήθελε να έχει ένα άσπρο .... να παίζει!

3.   Αχ, τι όμορφη ....!Πώς τη λένε;

4.   Πω, πω, τι έπαθα! Αχ, ... μου, βοήθησέ με, σε παρακαλώ!

5.   Ο κήπος μας είναι γεμάτος με πολλά .... που έχουν ωραία φύλλα!

Γράφουμε

«Ο Θοδωρής και το κουδούνι του» είναι ένα «κλιμακωτό» (ή «αλυσιδωτό») παραμύθι, όπου η ιστορία επαναλαμβάνεται με διαφορετικούς ήρωες κάθε φορά. Υπάρχουν πολλά παιδικά παραμύθια και τραγούδια με κλιμακωτό περιεχόμενο. Βρείτε μία-δύο κλιμακωτές παιδικές ιστορίες και γράψτε με δικά σας λόγια ποιο είναι το βασικό μοτίβο και ποιοι οι διαφορετικοί ήρωες.

Μιλάμε

1.   Παίζουμε θέατρο: ο Θοδωρής μιλά με τη γάτα.
     — Χωριστείτε σε ζευγάρια και παίξτε τον διάλογο ανάμεσα στον Θοδωρή και τη γάτα.
     — Μπορείτε να αλλάξετε την ιστορία και να βάλετε δικούς σας ήρωες.

2.   Ο Θοδωρής ήθελε πολύ ένα κουδούνι να παίζει. Χωριστείτε σε μικρές ομάδες και μιλήστε για το αγαπημένο σας παιχνίδι. Μπορείτε να απαντήσετε στις παρακάτω ερωτήσεις.
     — Ποιο είναι το αγαπημένο σας παιχνίδι;
     — Γιατί σας αρέσει αυτό το παιχνίδι;
     — Είναι εύκολο ή δύσκολο να το αποκτήσετε;
     — Τι θέλετε και τι μπορείτε να κάνετε με το παιχνίδι αυτό;
     — Σκεφτείτε πως το χάνετε (ή κάποιος σας το παίρνει). Πώς μπορείτε να το πάρετε πίσω;

Chapter 9 Η αλεπού και τ' άγουρα[1] σταφύλια[2]

Μια φορά μια αλεπού, καθώς γύριζε[3] να βρει τίποτα να φάει, στάθηκε[4] κάτω από μια κληματαριά,[5] γεμάτη μαύρα ωραία σταφύλια, που ο καθένας θα τα ζήλευε.[6] Στάθηκε, στάθηκε και τα κοίταζε, μα δεν μπορούσε να τα φτάσει, ούτε να πηδήσει[7] από τη μάντρα που τα έκλεινε. Εκείνη τη στιγμή πέρασε κι ο κουμπάρος[8] της ο λύκος, κι όταν την είδε να κοιτάζει έτσι, της είπε κοροϊδευτικά:[9]

«Βλέπω πως δεν πήρες τη σκάλα[10] σου μαζί σου, κυρά αλεπού, κι είσαι συλλογισμένη!»[11]

«Όχι, καημένε,»[12] του λέει εκείνη με προσποίηση,[13] «είναι άγουρα. Τ' αφήνω επίτηδες[14] να γίνουν κρεμαστάρια!»[15]

Καταλαβαίνουμε το κείμενο;

Απαντήστε στις ερωτήσεις.

1. Πού ήταν η αλεπού;

2. Τι ήθελε να φάει η αλεπού;

3. Έφαγε τα σταφύλια η αλεπού; Ναι, όχι και γιατί;

4. Ποιος πέρασε κοντά στην αλεπού; Τι της είπε και με τι τρόπο;

5. Τι απάντησε η αλεπού;

---

1 άγουρα (άγουρος, -η, -ο): unripe
2 σταφύλια (σταφύλι, το): grapes
3 γύριζε (γυρίζω): went around, wander
4 στάθηκε (στέκομαι): stood
5 κληματαριά, η: vine
6 θα ζήλευε (ζηλεύω): would envy
7 να πηδήσει (πηδώ): to jump
8 κουμπάρος, ο *colloquial*: close friend (*most common meaning* best man)
9 κοροϊδευτικά: mockingly
10 σκάλα, η: ladder
11 συλλογισμένη (συλλογισμένος, -η, -ο): pensive
12 καημένε (καημένος, -η, -ο): poor fellow
13 προσποίηση, η: pretension
14 επίτηδες: intentionally, on purpose
15 κρεμαστάρια (κρεμαστάρι, το) *colloquial*: fruit hanging from the ceiling in rural homes (*most common meaning* hangers)

Ασκήσεις

1. Βρείτε τη σωστή σημασία των λέξεων. Μία λέξη από τη δεξιά στήλη περισσεύει.

1. συλλογισμένος	α. ακούω
2. ζηλεύω	β. σκεφτικός
3. κοιτάζω	γ. που δεν είναι ώριμος ακόμη
4. άγουρος	δ. δεν κουνιέμαι, σταματώ
5. στέκομαι	ε. θέλω κι εγώ
	στ. βλέπω

2. Βρείτε τα αντίθετα.

μαύρα   ≠.............................

ωραία   ≠.............................

κάτω   ≠.............................

γεμάτη   ≠.............................

βρίσκω   ≠.............................

3. Συμπληρώστε τα κενά με το σωστό ρήμα στον Ενεστώτα ή τον Παρατατικό.

ζηλεύω, γυρίζω, μπορώ, φτάνω, πηδώ

1. Η αλεπού δεν .... τα σταφύλια που είναι στην κληματαριά.

2. Όλοι .... αυτά τα ωραία μαύρα σταφύλια!

3. Η θεία μου συνέχεια .... στους δρόμους της πόλης για να περνάει η ώρα της.

4. Αυτός ο αθλητής είναι πολύ καλός. .... πολλά μέτρα στο μήκος.

5. Εσείς τώρα .... επιτέλους να πάτε διακοπές!

1. Διαβάστε ξανά το κείμενο και απαντήστε στις ερωτήσεις.

    — Σας άρεσε αυτός ο μύθος του Αισώπου και γιατί;

    — Ποιον άνθρωπο περιγράφει αυτός ο μύθος; Αυτόν που λέει ψέματα και βρίσκει δικαιολογίες ή αυτόν που λέει αλήθεια;

    — *«Όσα δε φτάνει η αλεπού, τα κάνει κρεμαστάρια!»* είναι η παροιμία που βγαίνει από αυτόν τον μύθο του Αισώπου. Εξηγήστε με μερικές προτάσεις τι σημαίνει η παροιμία αυτή.

2. Παίζουμε θέατρο: Η αλεπού μιλά με τον κουμπάρο της τον λύκο.

    — Χωριστείτε σε ζευγάρια: Ο ένας παίζει την αλεπού και ο άλλος τον λύκο.

    — Παίξτε στην τάξη τον διάλογο ανάμεσα στα δύο ζώα.

    — Βρείτε άλλο τέλος.

Chapter 10 Το φίδι,[1] ο άνθρωπος κι η αλεπού

Ένα φίδι είχε χτισμένη τη φωλιά[2] του πάνω σε ένα δέντρο, και μια μέρα πιάνει το δέντρο φωτιά. Γυρεύει το φίδι να κατεβεί, αδύνατο[3]. Η φωτιά όλο κι ανέβαινε, κινδύνευε πια να καεί. Φώναζε το φίδι να πάνε να το γλιτώσουνε, δεν ερχόταν κανείς.

Εκεί βλέπει έναν άνθρωπο, που περνούσε και στάθηκε και κοίταζε. «Γλίτωσέ με,» του λέει το φίδι, «να μην καώ, κι εγώ θα σου κάνω μεγάλο καλό.» Πιάνει ο άνθρωπος, σπάζει κλαδιά[4] να εμποδίσει[5] τη φωτιά να ανεβεί παραπάνω, κουβαλά νερό, το χύνει. Εδώ την έχει, εκεί την έχει, την έσβησε τη φωτιά. «Κατέβα τώρα, λέει του φιδιού, να δω τι θα μου δώσεις που σε γλίτωσα.» Κατεβαίνει το φίδι, τυλίγεται[6] στον λαιμό του, γύρευε να τον πνίξει![7]

«Αμ, εγώ σε γλίτωσα, κι εσύ θέλεις να με πνίξεις; Τούτο είναι το καλό που θα μου κάνεις;» λέει ο άνθρωπος. «Έτσι θέλω εγώ!» λέει το φίδι. «Κι εσείς οι άνθρωποι το ίδιο κάνετε. Πληρώνετε το καλό με το κακό!»[8] «Πού το βρήκες γραμμένο;» λέει ο άνθρωπος. «Δεν το λέω μόνο εγώ,» λέει το φίδι, «ρώτα όποιον θέλεις, να δεις τι θα σου πει.»

Πάνω στην ώρα βλέπουνε ένα βόδι[9] κι ερχότανε. Του φώναξαν, του είπανε όσα είχανε να του πούνε και το ρωτήσανε. «Έλα, βόδι, τι λες και συ; Σωστά είναι όσα λέει το φίδι; Έχει δίκιο[10] να με φάει;» Το βόδι, χωρίς να πολυσυλλογιστεί,[11] λέει. «Σωστά είναι, βέβαια. Πνίξε τον! Μεγαλύτερο θεριό[12] από τον άνθρωπο δεν ξανάγινε. Εμένα που με βλέπεις, με είχε και όργωνα,[13] δούλευα στο χωράφι[14] του, έπαιρνε το γάλα μου, έτρωγε τα παιδιά μου, με άφηνε νηστικό, με έδερνε[15] με το

---

1 φίδι, το: snake

2 φωλιά, η: nest

3 αδύνατο (αδύνατος, -η, -ο): impossible

4 κλαδιά (κλαδί, το): branches

5 να εμποδίσει (εμποδίζω): to block

6 τυλίγεται (τυλίγομαι): coils, wraps

7 να τον πνίξει (πνίγω): to strangle [him]

8 πληρώνετε το καλό με το κακό (πληρώνω) *idiomatic*: reciprocate the good with evil

9 βόδι, το: ox

10 δίκιο, το: the right

11 να πολυσυλλογιστεί (συλλογίζομαι): reflecting

12 θεριό, το *colloquial*: wild beast (*standard* θηρίο, το)

13 όργωνα (οργώνω): plowed

14 χωράφι, το: field

15 έδερνε (δέρνω): was beating

ραβδί, και τώρα άκουσα που ταχιά[16] θα με πάει στον χασάπη[17] να με πουλήσει, γιατί δεν μπορώ να δουλέψω άλλο, γέρασα!»

Ρωτάνε κι έναν γάιδαρο,[18] που έβοσκε εκεί κοντά, λέει κι εκείνος: «Τα ίδια μου έκαναν και μένα οι άνθρωποι! Με είχανε όλα τα χρόνια και τους δούλευα, με φορτώνανε,[19] όσο που δε βαστούσαν[20] τα ποδάρια κι η ράχη[21] μου, με δέρνανε, και τώρα που γέρασα και δεν μπορώ να δουλέψω, με αφήσανε να ψοφήσω. Φα' τονε, φίδι, θα κάνεις άγια[22] δουλειά!»

Ο άνθρωπος πια είδε και απόειδε,[23] συλλογίστηκε, λέει: «Δε γλιτώνω. Τούτοι όλοι είναι σύμφωνοι.[24] Μόνο με κατεργαριά[25] θα τα βγάλω πέρα.»[26] Γνέφει[27] λοιπόν σε μια αλεπού που έστεκε κι αφουγκραζότανε:[28] «Γλίτωσε με, και θα σε πληρώσω! Πέντε όρνιθες[29] κι έναν πετεινό[30] θα σου δώσω, να κολατσίσεις!»[31]

Λέει πάλι στο φίδι: «Ε, ας ρωτήσουμε πια και τούτη την αλεπού, να δούμε τι θα πει. Αν πει και τούτη τα ίδια, στέκω και με τρως με την ησυχία σου.»[32] «Ας τη ρωτήσουμε!» λέει το φίδι. Τη ρωτούν. Εκείνη έκανε πως δεν μπορούσε να τους πιστέψει. «Γιου! Τι είναι αυτά που μου λέτε; Πώς μπόρεσε το φίδι να ανεβεί πάνω στο δέντρο χωρίς ποδάρια; Αν δεν το δω με τα μάτια μου, δεν μπορώ να κρίνω[33] δίκαια.» Καταφέρνει λοιπόν το φίδι κι ανεβαίνει πάνω στο δέντρο. Γυρίζει τότε η αλεπού στον άνθρωπο: «Τρέχα τώρα, πάμε, βαστάτε ποδαράκια μου!» Τρεξίδι πια! Οι φτέρνες τους χτυπούσαν πάνω στην πλάτη τους.[34] Ως να κατέβει το φίδι από το δέντρο, είχανε φτάσει μακριά.

«Στάσου εσύ εδώ,» λέει ο άνθρωπος, «να πάω να σου φέρω τις όρνιθες.» Πάει στο χωριό, παίρνει ένα σακί,[35] βάζει μέσα τρεις σκύλους, το δένει από πάνω, το πάει στην αλεπού, της το δίνει και φεύγει. Μόλις πήγε να λύσει[36] το σακί η αλεπού, πετιούνται οι σκύλοι, την παίρνουν στο

---

16 ταχιά *colloquial*: tomorrow morning (*standard* αύριο το πρωί)

17 χασάπη (χασάπης, ο): butcher

18 γάιδαρο (γάιδαρος, ο): donkey

19 φορτώνανε (φορτώνω): they were loading

20 δε βαστούσαν (βαστώ, βαστάω): did not keep, did not bear

21 ράχη, η: back

22 άγια (άγιος, -α, -ο): holy, sacred

23 είδε κι απόειδε *idiomatic*: he did not know what else to do

24 σύμφωνοι (σύμφωνος, -η, -ο): in agreement

25 κατεργαριά, η: trick

26 θα τα βγάλω πέρα *idiomatic*: I will manage, I will get through it

27 γνέφει (γνέφω): gestures

28 αφουγκραζότανε (αφουγκράζομαι): was listening

29 όρνιθες (όρνιθα, η) *archaic*: hens (*standard* κότα, η)

30 πετεινό (πετεινός, ο): rooster

31 να κολατσίσεις (κολατσίζω): to snack

32 με την ησυχία σου *idiomatic*: at your leisure, without any rush

33 να κρίνω (κρίνω): to judge

34 οι φτέρνες τους χτυπούσαν πάνω στην πλάτη τους *idiomatic*: run very fast

35 σακί, το: sack

36 να λύσει (λύνω): to untie

κυνηγητό.[37] Πήρε πια η αλεπού δρόμο,[38] λαχάνιασε.[39] Σκισμένη, κουρελιασμένη, έφτασε πάνω στον λόφο και στάθηκε να ξανασάνει[40] λιγάκι. Έλεγε πια: «Αμ, τι ήθελα εγώ να μιλήσω; Μήτε[41] ο πατέρας μου, μήτε ο παππούς μου ήτανε δικηγόροι. Εγώ γιατί να κάνω τον δικηγόρο; Καλά να πάθω[42] τώρα, για να μάθω και να ξέρω άλλη φορά!»

Καταλαβαίνουμε το κείμενο:

Βρείτε τη σωστή απάντηση.

1. Ένα φίδι
   - α. έβαλε φωτιά
   - β. φώναζε να γλιτώσει από τη φωτιά
   - γ. κατέβηκε από το δέντρο

2. Ο άνθρωπος
   - α. έσβησε τη φωτιά
   - β. άναψε τη φωτιά
   - γ. πήρε το φίδι

3. Το φίδι
   - α. είπε ευχαριστώ στον άνθρωπο
   - β. είπε ότι ο άνθρωπος είναι κακός
   - γ. δεν είπε τίποτα

4. Το βόδι είπε ότι
   - α. ο άνθρωπος δε δούλευε πολύ
   - β. ο άνθρωπος είναι μεγάλο θεριό
   - γ. ο άνθρωπος είναι χασάπης

5. Ο γάιδαρος λέει ότι
   - α. αυτός ψόφησε
   - β. ο άνθρωπος γέρασε
   - γ. το φίδι πρέπει να φάει τον άνθρωπο

---

37 την παίρνουν στο κυνηγητό (παίρνω στο κυνηγητό) *idiomatic*: [the dogs] chase [the fox]
38 πήρε δρόμο (παίρνω δρόμο) *idiomatic*: went away
39 λαχάνιασε (λαχανιάζω): was short of breath, gasped for air
40 να ξανασάνει (ξανασαίνω): to feel relieved, to breathe easily
41 μήτε...μήτε: neither...nor
42 καλά να πάθω *idiomatic*: I deserved it

6. Ο άνθρωπος
   α. κάνει κατεργαριά
   β. γλιτώνει την αλεπού
   γ. δίνει πέντε όρνιθες στο φίδι

7. Η αλεπού λέει ότι
   α. πιστεύει το φίδι
   β. το φίδι πρέπει να ανεβεί στο δέντρο
   γ. ο άνθρωπος είναι κακός

8. Ο άνθρωπος
   α. δίνει ένα σακί με όρνιθες στην αλεπού
   β. δίνει ένα σακί με σκύλους στην αλεπού
   γ. σκοτώνει την αλεπού

9. Η αλεπού στο τέλος λέει ότι
   α. θα γίνει δικηγόρος
   β. καλά να πάθει
   γ. είναι λαχανιασμένη

Ασκήσεις

1. Βρείτε τη σωστή σημασία των λέξεων. Μία λέξη από τη δεξιά στήλη περισσεύει.

1. νηστικός	α. πεθαίνω
2. κυνηγητό	β. ζω
3. σακί	γ. αυτός που πεινάει
4. ψοφώ	δ. δεν επιτρέπω
5. εμποδίζω	ε. τρέξιμο πίσω από κάποιον ή κάτι
	στ. τσάντα

2. Βρείτε τα αντίθετα.

φορτώνω   ≠............................

παίρνω   ≠............................

δένω   ≠............................

σβήνω   ≠............................

απαντώ   ≠............................

3. Αντικαταστήστε τις υπογραμμισμένες λέξεις ή εκφράσεις με συνώνυμες λέξεις ή εκφράσεις.

1. <u>Γυρεύει</u> το φίδι να κατεβεί, αδύνατο. ....

2. <u>Πάνωστηνώρα</u>βλέπουνεέναβόδικιερχότανε..

3. Φά' τονε φίδι, θα κάνεις <u>άγια δουλειά</u>. ....

4. Πέντε όρνιθες κι έναν πετεινό θα σου δώσω, <u>να κολατσίσεις</u>. ....

5. <u>Οι φτέρνες τους χτυπούσαν πάνω στην πλάτη</u>. ....

4. Θέμα «τα ζώα».

1. Βρείτε όλα τα ζώα του παραμυθιού και γράψτε τα μαζί με τα άρθρα τους στον ενικό και πληθυντικό αριθμό.

   ....

   ....

2. Γράψτε και όλες τις άλλες λέξεις σχετικές με τα ζώα και σχηματίστε δύο προτάσεις.

   ....

   ....

5. Συμπληρώστε τα κενά με το ρήμα στον Αόριστο.

1. Ο θείος μου .... πέντε φορές στον Όλυμπο, το πιο ψηλό βουνό της Ελλάδας. (ανεβαίνω)

2. Μα καλά, πώς .... να το κάνεις αυτό; Είναι πολύ δύσκολο! (μπορώ)

3. Η καταιγίδα δυστυχώς μας .... να συνεχίσουμε την εκδρομή μας. (εμποδίζω)

4. Η συγκάτοικός μου, αν και έπαθε πολλά στη ζωή της, δεν .... τίποτα! (μαθαίνω)

5. Ο παππούς μου .... πολύ και κουράζεται εύκολα. (γερνάω)

Γράφουμε

1. Γράψτε την περίληψη του παραμυθιού.

2. Γράψτε μια-δυο παραγράφους για τη δικαιοσύνη του παραμυθιού. Μπορείτε να απαντήσετε στις παρακάτω ερωτήσεις:

   — Έχει δίκιο ο άνθρωπος ή το φίδι;

   — Ο άνθρωπος συμπεριφέρεται δίκαια απέναντι στην αλεπού; Συμφωνείτε με τον άνθρωπο;

   — Εσείς πιστεύετε στη δικαιοσύνη;

Μιλάμε

1. Παίζουμε θέατρο: Μια σκηνή σε δικαστήριο.

   — Χωριστείτε σε ομάδες των πέντε ατόμων. Κάθε άτομο παίρνει ένα ρόλο: φίδι, βόδι, γάιδαρος, αλεπού και άνθρωπος.

   — Παίξτε το δικαστήριο ανάμεσα στα ζώα και τον άνθρωπο.

   — Βρείτε άλλο τέλος.

2. *«Καλά να πάθω για να μάθω»*: συμφωνείτε με αυτήν την άποψη;

   — Εσείς μαθαίνετε από τα παθήματά σας;

   — Πείτε ένα παράδειγμα όπου κάνατε ένα λάθος στη ζωή σας. Σας έγινε πράγματι μάθημα ή κάνατε πάλι το ίδιο λάθος;

Chapter 11 Ο χαρτοπαίχτης[1] που φιλοξένησε[2] τον Χριστό

Μια φορά ήταν ένας, και του άρεσε πολύ να παίζει τα χαρτιά. Μια μέρα λέει στη γυναίκα του να καλέσουνε[3] τον Χριστό, να του κάνουνε το γεύμα.[4] Του το είπανε, και τους είπε πως θα πάει.

Είχε κάτι κοτόπουλα κρυμμένα εκείνη να τα σφάξει, όποτε πάει ο Χριστός, κι είχε και δυο δραχμές φυλαγμένες,[5] να πάρει ψωμί. Πέρασε ο Χριστός και τους είπε πως την άλλη μέρα θα πάει. Δίνει η γυναίκα στον παίχτη τότε τις δύο δραχμές, να πάει να πάρει ψωμί. Εκείνος πήγε κι έπαιξε για να κερδίσει[6] κι άλλα, να πάρει περισσότερο ψωμί, κι εκείνος έχασε και τα δικά του. Πάει στη γυναίκα του χωρίς ψωμί. «Γιατί, λέει εκείνη, χωρίς ψωμί; Τι τα έκανες τα λεφτά;» «Πήγα, γυναίκα, κι έπαιξα, για να πάρω κι άλλα και να φέρω περισσότερο ψωμί και μου τα πήρανε.» «Ω, συμφορά[7] μας! λέει εκείνη. Και τώρα πώς θα κάνουμε;» «Πήγαινε, γύρεψε σε μια γειτόνισσα να σου δώσει μισό ψωμί.» Πραγματικά πήγε και τους δώσανε.

Το λοιπόν, πήγε ο Χριστός το μεσημέρι με όλους του τους μαθητές.[8] Μόλις τους είδε η γυναίκα, είπε πως δε φτάνει[9] το ψωμί. «Καλά, είπε ο Χριστός, τούτο έχουμε, και τούτο θα φάμε.»

Στρώσανε το τραπέζι[10] και κάθισαν να φάνε. Ευλόγησε ο Χριστός το ψωμί, και τους έφτασε και τους έμεινε. Έπειτα πήρε ο Χριστός να πιει κρασί, και ρώτησε τον νοικοκύρη[11] τι θέλει να του χαρίσει. Οι μαθητές του λέγανε να πει «την ουράνια[12] βασιλεία,» αλλά εκείνος είπε του Χριστού: «Έχω μια μηλιά,[13] και πάνε και μου τρώνε τα μήλα. Το λοιπόν θέλω, όποιος πηγαίνει εκεί, να κολλάει.» Λέει ο Χριστός: «Γεννηθήτω το θέλημά σου!»[14]

---

1 χαρτοπαίχτης, ο: card player

2 φιλοξένησε (φιλοξενώ): to offer hospitality, to host

3 να καλέσουνε (καλώ): to invite

4 γεύμα, το: meal

5 φυλαγμένες (φυλαγμένος, -η, -ο): saved for, kept for

6 για να κερδίσει (κερδίζω): to win

7 συμφορά, η: misfortune

8 μαθητές (μαθητής, ο): disciples (*most common meaning* students)

9 δε φτάνει (φτάνω) *idiomatic*: it is not sufficient, it is not enough (*most common meaning* to reach)

10 στρώσανε το τραπέζι (στρώνω το τραπέζι) *idiomatic*: set the table

11 νοικοκύρη (νοικοκύρης, ο): master of the house

12 ουράνια (ουράνιος, -α, -ο): heavenly

13 μηλιά, η: apple tree

14 «Γεννηθήτω το θέλημά σου»: "Thy Will Be Done" (from the Lord's Prayer)

Έπειτα παίρνει ο Ιησούς και δεύτερο ποτήρι. Λέει: «Τι θες[15] να σου χαρίσω;» Οι μαθητές του Χριστού του λέγανε: «Την ουράνια βασιλεία να πεις!» «Όχι,» λέει εκείνος. «Θέλω να κερδίζω, όταν παίζω.» «Γεννηθήτω το θέλημά σου!» λέει ο Χριστός.

Έπειτα παίρνει και τρίτο ποτήρι. «Τώρα,» λέει, «τι θες να σου χαρίσω;» Τότε εκείνος είπε: «Την ουράνια βασιλεία!» Λέει τότε ο Χριστός πάλι: «Γεννηθήτω το θέλημά σου!»

Ο Χριστός έφυγε, και πήγε 'κείνος να παίξει. Με όποιον κι αν έπαιζε, κέρδιζε. Ο Χριστός σταυρώθηκε,[16] κι εκείνος όλο έπαιζε...

Στέλνει μια μέρα ο Χριστός έναν άγγελο, και του λέει: «Μ' έστειλε ο Χριστός, να σε πάρω. Φτάνει άλλο το παίξιμο. Τελείωσε η ζωή σου!» «Καλά,» λέει εκείνος, «πήγαινε να φας μήλα, κι έπειτα πάμε.»

Πήγε ο άγγελος να φάει μήλα και κόλλησε. «Έλα να με ξεκολλήσεις,» τον παρακαλούσε ο άγγελος. «Όποτε θέλω εγώ θα έρθω σε σένα!» του έλεγε ο παίχτης κι όλο έπαιζε...

Όταν βαρέθηκε[17] το παίξιμο, πάει στον άγγελο και του λέει: «Έλα τώρα να σε ξεκολλήσω, και πάμε.»

Εκεί που πηγαίνανε, περάσανε από την Κόλαση,[18] και είδε τον Άδη[19] που είχε δώδεκα κολασμένους,[20] και του λέει: «Παίζουμε; Κι αν χάσω, να με κρατήσεις εδώ. Αν κερδίσω, να σου τους πάρω.»

Ο Άδης δέχτηκε,[21] κι άρχισαν να παίζουν: «Τρεις οι πέντε δεκαπέντε, και μία δεκάξι! Φέρε μου τους κολασμένους.» Τους πήρε και τράβηξε[22] κατά τον Παράδεισο.[23]

Μόλις πήγανε στον Χριστό και είδε τόσους, του λέει: «Μοναχός[24] σου σου είπα να έρθεις, και συ μου έφερες τόσους;» «Κι εγώ,» λέει εκείνος, «τον καιρό που σε κάλεσα να σου κάμω το τραπέζι, μοναχός σού είπα να έρθεις, και συ μου έφερες δώδεκα και δεκατρείς! Ε, κι εγώ τώρα σου φέρνω δεκατρείς.»

Κι έτσι ο Χριστός τους δέχτηκε όλους.

---

15   θες (θέλω) *colloquial*: (you) want (*standard* θέλεις)

16   σταυρώθηκε (σταυρώνομαι): was crucified

17   βαρέθηκε (βαριέμαι): got bored

18   Κόλαση, η: Hell

19   Άδη (Άδης, ο): Hades

20   κολασμένους (κολασμένος, -η, -ο): damned (those condemned to eternal punishment)

21   δέχτηκε (δέχομαι): accepted

22   τράβηξε κατά τον ... (τραβώ, τραβάω) *idiomatic*: made his way to (*most common meaning* to pull)

23   Παράδεισο (Παράδεισος, ο): Heaven, Paradise

24   μοναχός (μοναχός, -ή, -ό): alone, on ones' own

Καταλαβαίνουμε το κείμενο;

Βρείτε τη σωστή απάντηση.

1. Ο χαρτοπαίχτης ήθελε να καλέσουνε για γεύμα
   α. τους μαθητές του Χριστού
   β. τον Χριστό
   γ. τον Χριστό και τους μαθητές του

2. Στο γεύμα πήγαν
   α. ο Χριστός
   β. ο Χριστός με τους μαθητές του
   γ. ο Χριστός με τους μαθητές του και τον άγγελο

3. Πόσα δώρα έκανε ο Χριστός στον χαρτοπαίχτη;
   α. ένα
   β. κανένα
   γ. τρία

4. Το πρώτο δώρο που έκανε ο Χριστός στον χαρτοπαίχτη ήταν
   α. να έχει μια μηλιά
   β. να κολλάει όποιος πηγαίνει στη μηλιά
   γ. η ουράνια βασιλεία

5. Το δεύτερο δώρο που έκανε ο Χριστός στον χαρτοπαίχτη ήταν
   α. να πάει στον Παράδεισο
   β. να κερδίζει πάντα στα χαρτιά
   γ. να έχει μια μηλιά

6. Το τρίτο δώρο που έκανε ο Χριστός στον χαρτοπαίχτη ήταν
   α. η ουράνια βασιλεία
   β. να κερδίζει πάντα στα χαρτιά
   γ. μια μηλιά

7. Ο άγγελος
   α. πήρε τον χαρτοπαίχτη μαζί του
   β. κόλλησε στη μηλιά
   γ. έπαιξε χαρτιά με τον χαρτοπαίχτη

8. Όταν έφτασαν στην Κόλαση, ο χαρτοπαίχτης
    α.   έπαιξε χαρτιά με τον Άδη
    β.   έπαιξε χαρτιά με τους κολασμένους
    γ.   έμεινε στην Κόλαση

9. Όταν πήγε στον Παράδεισο ο χαρτοπαίχτης
    α.   έκανε το γεύμα στον Χριστό
    β.   έπαιξε χαρτιά με τον Χριστό
    γ.   πήρε και τους κολασμένους μαζί του

Ασκήσεις

1. Βρείτε τη σωστή σημασία των λέξεων. Μία λέξη από τη δεξιά στήλη περισσεύει.

1.	κολασμένος	α.	αυτός που παίζει χαρτιά
2.	φιλοξενώ	β.	αυτός που είναι στην Κόλαση
3.	χαρτοπαίχτης	γ.	η ουράνια βασιλεία
4.	Παράδεισος	δ.	δέχομαι στο σπίτι μου
5.	χαρίζω	ε.	δίνω δώρο
		στ.	παίρνω δώρο

2. Βρείτε τα αντίθετα.

Κόλαση   ≠.............................

περισσότερο   ≠.............................

χάνω   ≠.............................

αρχίζω   ≠.............................

μαθητής   ≠.............................

3. Συμπληρώστε τις προτάσεις σύμφωνα με το κείμενο.

1. Μια φορά ήταν ένας που του άρεσε πολύ να ....

2. Ο Χριστός και οι μαθητές του έφαγαν και .... στο γεύμα.

3. Ο άγγελος είπε στον χαρτοπαίχτη: «Μ' έστειλε ο Χριστός να ....

4. Ο χαρτοπαίχτης, όταν βαρέθηκε το παίξιμο, ...

5. Ο Άδης έπαιξε και .... στα χαρτιά.

4. Φτιάξτε προτάσεις με τις παρακάτω λέξεις.

1. ψωμί, κρασί, γεύμα, καλώ

   ....

2. Παράδεισος, Κόλαση

   ....

3. χαρτοπαίζω, κερδίζω, πάντα, χάνω

   ....

Γράφουμε

1. Γράψτε την ιστορία με λίγα λόγια.

2. Γράψτε δύο-τρεις παραγράφους για τον Παράδεισο και την Κόλαση. Μπορείτε να απαντήσετε στις εξής ερωτήσεις:

   — Εσείς πιστεύετε στον Παράδεισο και την Κόλαση; Ναι ή όχι και γιατί;

   — Πώς φαντάζεστε τον Παράδεισο και την Κόλαση; Περιγράψτε ένα σπίτι στον Παράδεισο και ένα σπίτι στην Κόλαση.

   — Σύμφωνα με το παραμύθι αυτό, πώς νομίζετε ότι είναι ο άλλος κόσμος στα παραμύθια;

Μιλάμε

1. Χωριστείτε σε ζευγάρια και μιλήστε για την χαρτοπαιξία. Μπορείτε να απαντήσετε στα εξής:

    — Είναι καλή ή κακή συνήθεια η χαρτοπαιξία;

    — Εσείς παίζετε χαρτιά στοιχηματίζοντας χρήματα; Ναι, όχι και γιατί;

    — Παίζουν πολλοί άνθρωποι χαρτιά στη χώρα σας;

2. Παίζουμε θέατρο: «Τι θέλεις να σου χαρίσω;»

    — Χωριστείτε σε ζευγάρια: Ο ένας είναι ο Θεός (ή ένας καλός σας φίλος) και ο άλλος είστε εσείς.

    — Σκεφτείτε διάφορες ευχές και δώρα που θα θέλατε και παίξτε τον διάλογο μεταξύ σας.

    — Χρησιμοποιήστε εκφράσεις όπως: Τι θέλεις να σου χαρίσω, Τι δώρο θέλεις να σου κάνω; Έχεις μια ευχή; Γεννηθήτω το θέλημά σου, κ.λπ.

    — Γίνεται η ευχή σας πραγματικότητα;

Chapter 12

Οι τρεις καλές συμβουλές[1]

Ήταν κάποτε ένας φτωχός άνθρωπος, που τον έλεγαν Γιάννη, κι είχε τη γυναίκα του κι ένα παιδί δέκα χρονών. Δούλευε ο άνθρωπος κάθε μέρα από το πρωί ως το βράδυ, αλλά δεν έβγαζε τίποτε. Μόλις και μετά βίας[2] έφερνε ψωμί στη φαμελιά[3] του. Μια μέρα ο Γιάννης λέει στη γυναίκα του:

«Δεν υποφέρεται[4] αυτή η ζωή, γυναίκα. Βλέπεις δουλεύω σαν σκυλί από το πρωί ως το βράδυ και δεν μου μένει τίποτε από τη δουλειά. Θα πάρω τα μάτια μου[5] να φύγω, θα πάω στα ξένα[6] να βρω μια καλή δουλειά και να σου στέλνω να ζεις καλά με το παιδί μας.»

«Να πας στο καλό,[7] άντρα μου, του λέει η γυναίκα του, μόνο να έχεις την έννοια[8] για το σπίτι, να μας στέλνεις να τα βγάζουμε πέρα.»

Έφυγε λοιπόν ο Γιάννης από το χωριό και πάει στην Πόλη, μα δεν μπόρεσε να βρει καμιά δουλειά καλή, γιατί ήταν άτεχνος[9] κι αναγκάστηκε να μπει δούλος[10] σε έναν άρχοντα.[11]

Αυτό το αφεντικό,[12] όσα χρόνια κι αν του δούλεψε ο Γιάννης, δεν του έδωσε καμιά πεντάρα,[13] μονάχα η γυναίκα του άρχοντα του έδινε από καμιά φορά κανένα νόμισμα και το έστελνε στο χωριό του, στη γυναίκα του.

Πέρασαν δέκα χρόνια κι ο Γιάννης βαρέθηκε την ξενιτιά[14] και θέλησε να γυρίσει στο χωριό, στη γυναίκα του και στο παιδί του. Του είχε πονέσει[15] για την πατρίδα[16] του. Ετοιμάζει τα πράγματά

---

1 συμβουλές (συμβουλή, η): piece of advice

2 μετά βίας *idiomatic*: hardly

3 φαμελιά, η *colloquial*: family (*standard* οικογένεια, η)

4 υποφέρεται (υποφέρομαι): is tolerated, is endured

5 θα πάρω τα μάτια μου *idiomatic*: I will go away

6 ξένα, τα: foreign lands

7 στο καλό *idiomatic*: farewell

8 έννοια, η (also έγνοια): worry

9 άτεχνος (άτεχνος, -η, -ο): unskilled

10 δούλος, ο: servant (*most common meaning* slave)

11 άρχοντας, ο: lord, nobleman

12 αφεντικό, το: boss

13 πεντάρα, η: penny

14 ξενιτιά, η: foreign lands

15 είχε πονέσει (πονώ, πονάω) *idiomatic*: had missed (*literally* had hurt)

16 πατρίδα, η: homeland

του και λέει του αφεντικού του, να του πληρώσει τη δούλεψή[17] του, που του χρωστούσε.[18] Βγάζει το αφεντικό και του δίνει τρεις λίρες[19] και του λέει:

«Πάρε, Γιάννη, αυτές τις τρεις λίρες. Τόσο κάνει η δούλεψή σου για τα δέκα χρόνια που μου δούλεψες και σύρε[20] στο καλό.»

Ο καημένος ο Γιάννης πήρε τις τρεις λίρες, είδε που ήταν λίγες, αλλά δεν είπε τίποτε, μονάχα αναστέναξε[21] από μέσα του.[22] Χαιρέτησε το αφεντικό του και ξεκίνησε για το χωριό του. Άμα πήγε λίγο παραπέρα, τον φωνάζει το αφεντικό και του λέει:

«Δώσε μου, Γιάννη, τη μια λίρα και θα σου πω μια συμβουλή.»

«Μα, αφεντικό, δε...»

«Όχι, δώσε μού την,» του λέει.

Τι να κάνει; του τη δίνει. Του λέει το αφεντικό:

«Για ό,τι δε σε μέλει,[23] μη ρωτάς.»

«Καλά,» είπε ο Γιάννης και κίνησε να φύγει.

Δεν πρόφτασε να βγει έξω στην εξώπορτα και τον φωνάζει πάλι το αφεντικό.

«Έλα δω, έλα δω! Δώσε μου άλλη μια λίρα, να σου δώσω άλλη μια συμβουλή.»

Του δίνει και μια άλλη λίρα.

Του λέει:

«Ποτέ να μην παραστρατίσεις[24] από τον δρόμο που πήρες.»

Ξεκινάει πάλι ο Γιάννης και συλλογιζόταν κι έλεγε με τον νου του:[25] «Τι να την κάνω ο έρμος μια λίρα μονάχα; Πώς να πάω στο σπίτι μου με μια λίρα, ύστερα από δέκα χρόνια ξενιτιά!» Δεν ξεμάκρυνε καλά-καλά[26] από το σπίτι και του φωνάζει το αφεντικό και τρίτη φορά:

«Δώσε μου και την άλλη λίρα, να σου δώσω άλλη μια συμβουλή.»

---

17   δούλεψη, η: work

18   χρωστούσε (χρωστώ, χρωστάω): owed

19   λίρες (λίρα, η): golden coins

20   σύρε (σέρνω) *colloquial*: go (*most common meaning* drag)

21   αναστέναξε (αναστενάζω): sighed

22   από μέσα του *idiomatic*: to himself

23   δε σε μέλει: does not concern you

24   να μην παραστρατίσεις (παραστρατώ): do not stray

25   έλεγε με τον νου του *idiomatic*: he thought

26   δεν ξεμάκρυνε καλά-καλά *idiomatic*: no sooner had he moved away than... (The phrase καλά-καλά δεν... indicates that immediately after one occurrence something else happens, e.g. Καλά-καλά δεν έφυγα από τη δουλειά, με πήρε τηλέφωνο το αφεντικό για ένα πρόβλημα).

Του παίρνει κι αυτήν τη λίρα και του λέει:

«Τον αποψινό[27] θυμό[28] φύλαγέ τον το πουρνό![29]»

Έτσι απένταρος[30] και βαλαντωμένος[31] έφυγε ο Γιάννης για το χωριό. Στον δρόμο που πήγαινε, βλέπει έναν αράπη,[32] που ήταν πάνω σε ένα δέντρο και κολλούσε στα φύλλα του δέντρου φλουριά. Του φάνηκε παράξενο, μα δεν είπε τίποτε στον αράπη, γιατί θυμήθηκε την πρώτη συμβουλή του αφεντικού του και τράβηξε ίσια τον δρόμο του.[33]

«Στάσου[34] μωρέ,» του φωνάζει ο αράπης.

Ο Γιάννης στάθηκε φοβισμένος, κι ο αράπης του λέει:

«Έχω εκατό χρόνια που κάθομαι εδώ σε αυτό το δέντρο και κάνω αυτό που με είδες. Πέρασαν λογής-λογής[35] άνθρωποι κι όλοι στάθηκαν και με ρώτησαν, γιατί κολλάω τα φλουριά στα φύλλα κι όλους τους έφαγα. Μονάχα εσύ δε με ρώτησες, μόνο τράβηξες ίσια τον δρόμο σου. Μπράβο! Πολύ γνωστικός άνθρωπος είσαι. Μπράβο! Σου χαρίζω όλα αυτά τα φλουριά, γιατί σου αξίζουν. Πάρ' τα… χαλάλι σου[36] και άιντε στο καλό.»

Παίρνει ο Γιάννης τα φλουριά, γεμίζει τις τσέπες του,[37] του κόρφους[38] του και τραβάει τον δρόμο του χαρούμενος. Συλλογιόταν στον δρόμο κι έλεγε με τον νου του.

«Αλήθεια, άξιζε και παράξιζε[39] για μια λίρα η πρώτη ορμήνια,[40] που μου έδωσε το αφεντικό!»

Ύστερα από τρεις μέρες δρόμο ανταμώνει κάτι αγωγιάτες[41] με καμιά τριανταριά μουλάρια[42] φορτωμένα. Πήγαιναν τον ίδιο δρόμο. Ο Γιάννης τους παρακάλεσε να τον βάλουν λίγο καβάλα,[43] γιατί είχε κουραστεί. Έτσι τράβηξαν όλοι αντάμα[44] τον δρόμο.

---

27 αποψινό (αποψινός, -ή, -ό): of this night
28 θυμό (θυμός, ο): anger
29 πουρνό, το *colloquial*: morning (*standard* πρωί, το)
30 απένταρος: penniless
31 βαλαντωμένος, -η, -ο *colloquial*: exhausted
32 αράπη (αράπης, ο): blackamoor
33 τράβηξε ίσια τον δρόμο του (τραβώ τον δρόμο μου) *idiomatic*: he headed directly to his way
34 στάσου! (στέκομαι): stop!
35 λογής-λογής *idiomatic*: all sorts of
36 χαλάλι σου *idiomatic*: you deserve it [the money]
37 τσέπες (τσέπη, η): pockets
38 κόρφους (κόρφος, ο) *colloquial*: chest (*standard* στήθος)
39 άξιζε και παράξιζε (αξίζω και παραξίζω) *idiomatic*: it was worthy more than enough. (The prefix παρά/παρ-
    in front of a verb exaggerates its meaning, when it is used in phrases with the verb repeated, e.g. τρώω και
    παρατρώω, έχει και παραέχει).
40 ορμήνια, η *colloquial*: advice (*standard* συμβουλή, η)
41 αγωγιάτες (αγωγιάτης, ο): mule-drivers
42 μουλάρια (μουλάρι, το): mules
43 να τον βάλουν καβάλα (βάζω καβάλα) *idiomatic*: to ride on
44 αντάμα *colloquial*: together (*standard* μαζί)

Σε λίγο έφτασαν σε ένα χάνι[45] κι οι αγωγιάτες μπήκαν μέσα να πιουν κανένα κρασί κι είπαν του Γιάννη να μπει κι αυτός. Τότε θυμήθηκε τη δεύτερη ορμήνια του αφεντικού του, να μην παραστρατίζει από τον δρόμο που πήρε, και δεν πήγε. Έκατσε έξω και σταματούσε τα μουλάρια να μη φύγουν. Τότε εκεί που έπιναν το κρασί οι αγωγιάτες μέσα στο χάνι, γίνεται ένας μεγάλος σεισμός,[46] έπεσε το χάνι και καταπλάκωσε[47] όλους.

Ο Γιάννης φοβήθηκε από τον σεισμό, μα δεν έπαθε τίποτα. Έκανε μονάχα τον σταυρό του[48] κι είπε με τον νου του: «Αξίζει μια λίρα και η δεύτερη ορμήνια που μου έδωσε το αφεντικό μου.»

Πήρε λοιπόν τα μουλάρια, έτσι φορτωμένα που ήταν, και τράβηξε τον δρόμο του. Αφού προχώρησε ακόμα μερικές ημέρες, έφτασε στο χωριό του. Τραβάει ίσια γραμμή στο σπίτι του μαζί με τα μουλάρια. Χτυπάει την πόρτα, του ανοίγει η γυναίκα του, δεν τον γνώρισε. Αυτός δεν της φανερώθηκε[49] ποιος είναι, μονάχα την παρακάλεσε να τον αφήσει να ξενυχτήσει εκεί στην αυλή αυτός και τα μουλάρια του. Του λέει:

«Αν μου έλεγες για το σπίτι, δεν θα σε έμπαζα,[50] αλλά αυτού[51] μπορείς να ξενυχτήσεις κι εσύ και τα μουλάρια σου, στρατοκόπος[52] είσαι. Είναι δίπλα κι αυτό το χαγιάτι[53] κι αν θέλεις, στρώσε να κοιμηθείς από κάτω.»

Σε λίγο εκεί που συγύριζε τα μουλάρια, βλέπει έναν άντρα που πέρασε και μπήκε μέσα στο σπίτι.

«Α! θα ξαναπαντρεύτηκε[54] η γυναίκα μου,» λέει, «και μένα με ξέχασε.»

Θύμωσε[55] γι᾽ αυτό ο Γιάννης και πιάνει το τουφέκι[56] του να μπει μέσα να τους σκοτώσει, κι αυτόν κι αυτήν. Μα θυμήθηκε την τρίτη ορμήνια του αφεντικού του: «Τον αποψινό θυμό φύλαγέ τον το πουρνό.» Αφήνει το τουφέκι του και πλαγιάζει,[57] μα πού να κλείσει μάτι![58]

Το πρωί, άμα έφεξε, σηκώθηκε και πήγε να βάλει κριθάρι[59] στα μουλάρια. Είχε σηκωθεί κι η οικογένεια κι άκουσε εκείνον τον άντρα, που είχε μπει αποβραδίς[60] στο σπίτι, να λέει της γυναίκας του:

«Πάω, μάνα,[61] και το μεσημέρι θα σου στείλω φασούλια[62] να μαγειρέψεις.»

---

45   χάνι, το: guesthouse
46   σεισμός, ο: earthquake
47   (κατα)πλάκωσε (καταπλακώνω): crushed
48   έκανε το σταυρό του *idiomatic*: he crossed himself
49   φανερώθηκε (φανερώνομαι): revealed himself
50   δεν θα σ᾽έμπαζα (μπάζω): I wouldn't let you in
51   αυτού *colloquial*: there (*standard* εκεί)
52   στρατοκόπος, ο: wayfarer, traveler
53   χαγιάτι, το: porch
54   θα ξαναπαντρεύτηκε (ξαναπαντρεύομαι): she probably got remarried
55   θύμωσε (θυμώνω): got angry
56   τουφέκι, το: rifle
57   πλαγιάζει (πλαγιάζω): lays down
58   να κλείσει μάτι *idiomatic*: to fall asleep
59   κριθάρι, το: barley
60   αποβραδίς: the night before
61   μάνα, η: mother
62   φασούλια (φασούλι, το) *colloquial*: beans (*standard* φασόλι, το)

Τότες αυτός χτυπά με τα δυο του χέρια το κεφάλι του, που κόντεψε[63] να σκοτώσει το παιδί του, τρέχει και φανερώνεται στη γυναίκα του και στο παιδί του. Αγκαλιάστηκαν[64] και φιλήθηκαν, άνοιξε τα φορτώματα που είχε στα μουλάρια του και με τα φλουριά που έφερε, έζησαν αυτοί καλά κι εμείς καλύτερα.[65]

Καταλαβαίνουμε το κείμενο:

Βρείτε τη σωστή απάντηση.

1. Ποια ήταν η οικονομική κατάσταση του Γιάννη;
   α. είχε πολλά λεφτά
   β. δεν είχε δουλειά
   γ. δεν είχε λεφτά

2. Τι αποφάσισε να κάνει ο Γιάννης;
   α. να πάει στο αφεντικό του
   β. να βρει άλλη δουλειά
   γ. να φύγει από το σπίτι του

3. Τι έκανε ο Γιάννης όταν έφτασε στην Πόλη;
   α. βρήκε καλή δουλειά
   β. έγινε δούλος
   γ. δεν έκανε τίποτα

4. Μετά από δέκα χρόνια ο Γιάννης
   α. βαρέθηκε τα ξένα
   β. έγινε άρχοντας
   γ. έμεινε στην Πόλη

5. Το αφεντικό του του έδωσε
   α. πολλές λίρες
   β. τρεις συμβουλές
   γ. τίποτα

6. Ο Γιάννης, όταν είδε τον αράπη
   α. τον ρώτησε τι κάνει
   β. συνέχισε τον δρόμο του
   γ. στάθηκε φοβισμένος

---

63 κόντεψε να (κοντεύω να) *idiomatic*: almost
64 αγκαλιάστηκαν (αγκαλιάζομαι): they hugged
65 και έζησαν αυτοί καλά κι εμείς καλύτερα *idiomatic*: and they lived happily ever after

7. Ο Γιάννης, όταν βρήκε τους αγωγιάτες

    α.   έφαγε και ήπιε μαζί τους

    β.   έμεινε έξω από το χάνι με τα μουλάρια

    γ.   έφυγε καβάλα στα μουλάρια

8. Όταν έφτασε στο σπίτι του

    α.   κοιμήθηκε στην αυλή

    β.   αναγνώρισε αμέσως τον γιο του

    γ.   σκότωσε τη γυναίκα του

9. Την άλλη μέρα ο Γιάννης

    α.   χτυπά με τα χέρια του τη γυναίκα του

    β.   φανερώθηκε στη γυναίκα και το παιδί του

    γ.   έστειλε φασούλια στη γυναίκα του

Ασκήσεις

1. Βρείτε τη σωστή σημασία των λέξεων. Μία λέξη από τη δεξιά στήλη περισσεύει.

1.	αφεντικό	α.	το εξωτερικό
2.	θυμός	β.	γνώμη, άποψη από άλλον
3.	ξενιτιά	γ.	όταν η γη δονείται
4.	σεισμός	δ.	κύριος, διευθυντής
5.	συμβουλή	ε.	δούλος
		στ.	οργή, νεύρα

2. Βρείτε τα αντίθετα.

φτωχός   ≠.............................

πατρίδα   ≠.............................

δούλος   ≠.............................

ποτέ   ≠.............................

πουρνό (πρωί)   ≠.............................

3. Εξηγήστε γραπτώς τις παρακάτω εκφράσεις και στη συνέχεια γράψτε προτάσεις.

1. «Δουλεύω σαν σκυλί»   = ...

....

2. «Τραβώ τον δρόμο μου»   = ...

....

3. «Χαλάλι σου!»   = ...

....

4. Συμπληρώστε τα κενά με το ρήμα στην υποτακτική (συνεχής ή απλή).

1. Ο ξάδερφός μου προσπαθεί να .... μια καλή δουλειά εδώ και πολύ καιρό. (βρίσκω)

2. Για ό,τι δεν σε αφορά, να ....! (δεν ρωτώ)

3. Ελπίζω οι γονείς μου να μου .... χρήματα για τις σπουδές μου. (στέλνω)

4. Τα παιδιά διαβάζουν πολύ για να .... τις εξετάσεις και να .... στο πανεπιστήμιο. (περνώ, μπαίνω)

5. Μου αρέσει να .... μουσική, όταν κάνω δουλειές στο σπίτι. (ακούω)

Γράφουμε

1. Γράψτε ένα μικρό κείμενο για τις τρεις συμβουλές. Απαντήστε στα εξής:
    — Τι λέει η κάθε μία συμβουλή;
    — Ποια είναι η καλύτερη κατά τη γνώμη σας και γιατί;
    — Εσείς κάνετε αυτά που λένε οι τρεις συμβουλές;

2. Γράψτε ένα μικρό κείμενο (δύο-τρεις παραγράφους) για τη μετανάστευση. Μπορείτε να απαντήσετε στα εξής:
    — Γιατί ο Γιάννης έφυγε μακριά από την οικογένειά του; Τι είπε στη γυναίκα του;
    — Ποια είναι η οικονομική κατάσταση στην Ελλάδα σήμερα; Γίνεται το ίδιο;
    — Πώς είναι η ζωή στα ξένα;
    — Έχετε φίλους ή γνωστούς που έφυγαν μακριά από το σπίτι τους; Γιατί έφυγαν; Δώστε μερικά παραδείγματα και συγκρίνετέ τα με τον Γιάννη.

1. Παίζουμε θέατρο: Ένα αντρόγυνο χωρίζει γιατί ο ένας από τους δύο πρέπει να φύγει μακριά για δουλειά.

   — Χωριστείτε σε ζευγάρια. Ο ένας παίζει τον πατέρα και ο άλλος τη μητέρα.

   — Χρησιμοποιήστε εκφράσεις από το κείμενο όπως: «δεν υποφέρεται αυτή η ζωή», «θα πάρω τα μάτια μου», «στο καλό», «να έχεις την έννοια», «με πόνεσε η πατρίδα μου» κ.λπ.

2. «Τον αποψινό θυμό φύλαγέ τον το πουρνό!» Συμφωνείτε ή διαφωνείτε και γιατί;

   — Εσείς κρατάτε τον θυμό σας για την επόμενη μέρα;

   — Πείτε στην τάξη μερικά παραδείγματα όπου κρατήσατε ή δεν κρατήσατε τον θυμό σας.

Μια φορά κι έναν καιρό ζούσε ένας ξυλοκόπος[1] που είχε τρία παιδιά. Το μικρότερο το θεωρούσαν όλοι κουτό[2] και το φώναζαν Χαζοπετρή.[3] Μια μέρα αρρώστησε ο ξυλοκόπος κι έστειλε τον μεγαλύτερό του γιο στο δάσος[4] να κόψει ξύλα, αφού του έδωσε φαγητό μαζί του. Μόλις άρχισε να κόβει ξύλα, παρουσιάστηκε[5] μπροστά του ένας γεροντάκος και του ζήτησε[6] λίγο φαγητό. «Όχι δα, τι θα φάω μετά εγώ;» αποκρίθηκε[7] εκείνος. Ο γέροντας έφυγε, μα ο γιος δεν μπόρεσε να κόψει ξύλα, γιατί έπεσε ξαφνικά ένα κλαδί και του χτύπησε το πόδι.

Ο γέρο-ξυλοκόπος έστειλε την άλλη μέρα τον δεύτερό του γιο στο δάσος. Παρουσιάστηκε και σ' αυτόν ο γέροντας και ζήτησε λίγο φαγητό. «Όχι δα, τι θα μείνει για μένα τότε;» αποκρίθηκε ο δεύτερος γιος. Ο γέροντας εξαφανίστηκε,[8] μα κι ο δεύτερος γιος δεν μπόρεσε να κόψει ξύλα, γιατί ένα κλαδί έπεσε κι έκοψε το δεξί του χέρι.

Την άλλη μέρα ο Χαζοπετρής ζήτησε από τον πατέρα του να τον αφήσει να πάει στο δάσος να κόψει ξύλα. Ο ξυλοκόπος γέλασε, αλλά τελικά τον άφησε να πάει. Παρουσιάστηκε και σ' αυτόν ο γέροντας και ζήτησε λίγο φαγητό. Ο Χαζοπετρής αποκρίθηκε: «Μετά χαράς,[9] αν και είναι λίγο.» Κάθισαν λοιπόν μαζί να φάνε. Σαν τελείωσαν, ο γέροντας του είπε: «Κόψε εκείνο το δέντρο και θα βρεις κάτι που θα σε κάνει ευτυχισμένο,» κι απότομα[10] εξαφανίστηκε.

Σαν έκοψε ο Χαζοπετρής το δέντρο, βρήκε ένα παγώνι.[11] Το πήρε στα χέρια του κι αποφάσισε να πάει στην πόλη να βρει την τύχη του.[12] Σαν έφτασε στην πόλη, μια κοπέλα τον πλησίασε και τον παρακάλεσε να την αφήσει να πάρει ένα φτερό[13] από το παγώνι. Ο Χαζοπετρής δέχτηκε. Μα μόλις η κοπέλα άγγιξε το παγώνι, κόλλησαν τα χέρια της κι αναγκάστηκε να ακολουθήσει[14] τον Χαζοπετρή. Ο πατέρας της κοπέλας έτρεξε από πίσω και διέταξε[15] την κόρη του να πάψει

1   ξυλοκόπος, ο: lumberjack
2   κουτό (κουτός, -ή, -ό): dumb
3   Χαζοπετρής, ο: foolish Peter (composite proper name: χαζός, -ή, -ό + Πετρής)
4   δάσος, το: forest
5   παρουσιάστηκε (παρουσιάζομαι): appeared
6   ζήτησε (ζητώ, ζητάω): asked, requested
7   αποκρίθηκε (αποκρίνομαι): responded
8   εξαφανίστηκε (εξαφανίζομαι): disappeared
9   μετά χαράς: with pleasure
10   απότομα: suddenly
11   παγώνι, το: peacock
12   να βρει την τύχη του (βρίσκω την τύχη μου) *idiomatic*: to seek his fortune
13   φτερό, το: feather
14   να ακολουθήσει (ακολουθώ): to follow
15   διέταξε (διατάζω): ordered

να ακολουθεί αυτόν τον άνθρωπο. Βλέποντας ότι η κόρη του δεν υπάκουε,[16] έτρεξε να την πάρει με το ζόρι.[17] Μα μόλις την άγγιξε, τα χέρια του κόλλησαν πάνω της κι αναγκάστηκε να τους ακολουθήσει. Ο πατέρας άρχισε να φωνάζει βοήθεια από τους διαβάτες.[18] Μα όλοι όσοι πλησίαζαν,[19] κολλούσαν κι ακολουθούσαν τον Χαζοπετρή.

Ξαφνικά ο Χαζοπετρής είδε έναν μεγάλο κι όμορφο κήπο. Αποφάσισε λοιπόν να μπει μέσα. Σαν προχώρησε λίγο, συνάντησε πολλούς ανθρώπους παράξενα ντυμένους[20] και στη μέση μια κοπέλα, πλούσια ντυμένη, που κοιτούσε θλιμμένα[21] μπροστά μακριά της. Ξαφνικά η ματιά της έπεσε στη συνοδεία[22] του Χαζοπετρή κι έβαλε τα γέλια.[23]

Με τα γέλια της σαν να λύθηκαν τα μάγια[24] του παγωνιού κι οι άνθρωποι ξεκόλλησαν. Τότε η συνοδεία της κοπέλας άρχισε να προχωρά προς το μέρος του Χαζοπετρή. Τον προσκύνησαν[25] και τον οδήγησαν στο παλάτι. Του εξήγησαν ακόμη πως η κοπέλα εκείνη ήταν η βασιλοπούλα της χώρας, που εδώ και[26] τρία χρόνια είχε μια παράξενη αρρώστια. Μια περίεργη μελαγχολία την είχε καταλάβει[27] και δεν γελούσε ποτέ.

Έβγαλε λοιπόν ο πατέρας της ο βασιλιάς διαταγή,[28] πως όποιος κατόρθωνε[29] να κάνει τη βασιλοπούλα να γελάσει, θα την έπαιρνε γυναίκα του, μαζί με το μισό του βασίλειο. Κι έτσι η καλή καρδιά του Χαζοπετρή τον οδήγησε στον θρόνο δίπλα στη βασιλοπούλα, όπου κι έζησε ευτυχισμένος.

---

16   δεν υπάκουε (υπακούω): was not obeying
17   με το ζόρι *idiomatic*: forcefully
18   διαβάτες (διαβάτης, ο): passersby
19   πλησίαζαν (πλησιάζω): approached
20   ντυμένους (ντυμένος, -η, -ο): dressed
21   θλιμμένα: sorrowfully, sadly
22   συνοδεία, η: convoy
23   έβαλε τα γέλια (βάζω τα γέλια) *idiomatic*: burst out laughing
24   λύθηκαν τα μάγια *idiomatic*: the spell was lifted
25   τον προσκύνησαν (προσκυνώ, προσκυνάω): they bowed to him
26   εδώ και *idiomatic*: long since
27   την είχε καταλάβει (καταλαμβάνω): had seized her
28   διαταγή, η: order
29   κατόρθωνε (κατορθώνω): succeeded

Καταλαβαίνουμε το κείμενο;

Σωστό ή Λάθος;

		Σωστό	Λάθος
1.	Ο ξυλοκόπος είχε τρία παιδιά.	....	....
2.	Το μικρότερο παιδί ήταν χαζό.	....	....
3.	Ο πρώτος γιος έκοψε ξύλα στο δάσος.	....	....
4.	Ο δεύτερος γιος δεν έκοψε ξύλα στο δάσος.	....	....
5.	Ο Χαζοπετρής έδωσε φαγητό στον γέροντα.	....	....
6.	Ο Χαζοπετρής βρήκε ένα φτερό κάτω από το δέντρο.	....	....
7.	Πολλοί άνθρωποι κόλλησαν πάνω στον Χαζοπετρή.	....	....
8.	Μια κοπέλα ήταν θλιμμένη.	....	....
9.	Η κοπέλα γέλασε όταν είδε τον Χαζοπετρή.	....	....
10.	Ο βασιλιάς πάντρεψε τον Χαζοπετρή με την κόρη του.	....	....

Ασκήσεις

1. Βρείτε τη σωστή σημασία των λέξεων. Μία λέξη από τη δεξιά στήλη περισσεύει.

1. μελαγχολία	α. κουτός
2. ντυμένος	β. αυτός που κόβει ξύλα στο δάσος
3. απότομα	γ. αυτός που φοράει ρούχα
4. ξυλοκόπος	δ. γρήγορα
5. χαζός	ε. όταν έχω στενοχώρια και θλίψη
	στ. ξαφνικά

2. Βρείτε τα αντίθετα.

κολλώ ≠..........................

χαρούμενος ≠..........................

κουτός ≠..........................

γελώ ≠..........................

αποκρίνομαι ≠..........................

3. Γράψτε προτάσεις με τις παρακάτω εκφράσεις.

α. «με το ζόρι»

....

β. «βάζω τα γέλια»

....

γ. «μετά χαράς»

....

4. Συμπληρώστε τα κενά με το σωστό επίρρημα.

απότομα, παράξενα, θλιμμένα, ευτυχισμένα, όμορφα

1. Η κοπέλα κοιτούσε πολύ .... μπροστά της. Ο θάνατος του πατέρα της της έφερε μεγάλη στενοχώρια.

2. Ένας άγνωστος άνοιξε την πόρτα πολύ .... και μπήκε στο γραφείο μου. Τρόμαξα πολύ!

3. Η βασιλοπούλα ήταν ντυμένη πολύ .... Όλοι θαύμασαν τα ωραία ρούχα της!

4. Οι γονείς του είχαν καλή ζωή. Έζησαν πολύ ....!

5. Αυτός ο συγγραφέας δε μου αρέσει πολύ. Γράφει .... και δεν καταλαβαίνω αυτά που θέλει να πει.

«Το γέλιο στη ζωή μας!» Γράψτε ένα μικρό κείμενο για το θέμα αυτό. Μπορείτε να απαντήσετε στις ακόλουθες ερωτήσεις:

— Κάνει καλό το γέλιο στη ζωή μας και γιατί;

— Σας αρέσουν οι άνθρωποι που γελάνε και γιατί;

— Εσείς γελάτε συχνά; Τι σας κάνει να γελάτε ή να κλαίτε;

Μιλάμε για «αστείες σκηνές».

— Χωριστείτε σε μικρές ομάδες.

— Σκεφτείτε μερικές αστείες σκηνές που ζήσατε, ή διαβάσατε, ή είδατε στον κινηματογράφο.

— Πείτε στην τάξη μερικά παραδείγματα από αυτές τις σκηνές που σας έκαναν να γελάσετε πολύ. Δώστε τις εξής πληροφορίες:

Ποιος ή τι σας έκανε να γελάσετε;

Πότε και πού;

Τι έγινε ακριβώς;

— Οι φίλοι σας βρήκαν το παράδειγμά σας αστείο;

Chapter 14   Το όνειρο[1]

Μια φορά κι έναν καιρό ήτανε μια οικογένεια που είχε τέσσερα παιδιά. Ένα βράδυ ο πατέρας είπε στα παιδιά του να κάνουνε την προσευχή τους και να πέσουνε να κοιμηθούνε[2] για να δούνε τι όνειρο θα έβλεπε ο καθένας τους. Το πρωί σηκωθήκανε τα παιδιά από τον ύπνο[3] και το καθένα έλεγε τι είδε τη νύχτα.

Ήρθε και η σειρά του τελευταίου γιου να πει το όνειρό του. «Εγώ,» είπε το παιδί, «πατέρα, είδα απόψε στον ύπνο μου ότι ήμουνα πλούσιος, και εσύ πατέρα μού έριχνες[4] νερό να πλυθώ και η μάνα μου μου κράταγε την πετσέτα[5] για να σκουπιστώ.»[6] Ο πατέρας τότε θύμωσε και φώναξε: «Πιάστε τον να τον σφάξετε[7] και να μου δώσετε το αίμα[8] του να το πιω.» Το παιδί άρχισε να τρέχει όσο μπορούσε πιο γρήγορα για να μην τον πιάσουνε, κουράστηκε όμως και τον φτάσανε τα άλλα του αδέλφια. Τότε αυτός τους λέει: «Αφήστε με, μη με σκοτώνετε, αν με λυπόσαστε και κόψτε μου μόνο το μικρό μου δάχτυλο[9] για να τρέξει αίμα και να το πάτε του πατέρα μέσα σε ένα μπουκάλι.» Τότε τα αδέλφια τον λυπηθήκανε και κάνανε όπως τους είπε. Αφού γεμίσανε το μπουκάλι με αίμα γυρίσανε σπίτι και το πήγανε του πατέρα, που νόμισε ότι σφάξανε το παιδί του.

Το παιδί περπάτησε, περπάτησε και έφτασε σε ένα μέρος που ήταν ένας γέρος και είχε μερικά πρόβατα σε ένα μαντρί.[10] «Καλησπέρα παππούλη,» του είπε, «με θέλεις κι εμένα εδώ να σου φυλάω τα πρόβατα;» «Σε θέλω παιδί μου,» είπε ο γέρος που ήταν και τυφλός,[11] γιατί τα μάτια του τα είχανε πάρει οι νεράιδες.[12] Κάθισε λοιπόν το παιδί και κάθε μέρα πήγαινε στη βοσκή[13] τα πρόβατα του Αϊ-Νικόλα, γιατί αυτός ήτανε ο γέρος.

---

1 όνειρο, το: dream

2 να πέσουνε να κοιμηθούνε (πέφτω να κοιμηθώ) *idiomatic*: to go to sleep, to fall asleep

3 ύπνο (ύπνος, ο): sleep

4 έριχνες (ρίχνω): you poured

5 πετσέτα, η: towel

6 να σκουπιστώ (σκουπίζομαι): to wipe myself

7 να τον σφάξετε (σφάζω): to slaughter him

8 αίμα, το: blood

9 δάχτυλο, το: finger

10 μαντρί, το: pen of sheep

11 τυφλός, -ή, -ό: blind

12 νεράιδες (νεράιδα, η): fairies

13 βοσκή, η: field

Μια μέρα ο γέρος περίμενε, περίμενε να γυρίσει ο πιστικός[14] του από τη βοσκή, αυτός όμως ούτε φαινότανε καθόλου. Άρχισε τότε αυτός σιγά-σιγά να αρμέγει[15] τα πρόβατα, στεναχωρημένος όπως ήτανε δεν μπορούσε να κάνει τίποτα.

Το παιδί, καθώς γύριζε στο μαντρί με το κοπάδι,[16] του παρουσιαστήκανε τρεις όμορφες κοπέλες σαν το κρύο το νερό,[17] ροδοκόκκινες σαν την καλοκαιριάτικη αυγή.[18] «Παλληκάρι, ξέρεις τι θέλουμε εμείς από σένα;» του λένε. «Και πού θέλετε να ξέρω εγώ τι θέλετε,» τους λέει αυτός. «Να, εσύ να παίξεις το καλάμι[19] σου κι εμείς να χορεύουμε. Κι αν κουραστούμε να μας κάνεις ό,τι θέλεις, κι αν κουραστείς εσύ, να σου κάνουμε εμείς ό,τι θέλουμε.» «Καλά,» τους λέει το παιδί κι άρχισε να παίζει το καλάμι. Έπαιζε, έπαιζε κι αυτές χορεύανε. Έπεσε ο ήλιος[20] κι αυτές ακόμη χορεύανε. Όσο στο τέλος κουραστήκανε. «Πες μας τώρα τι θέλεις,» του λένε αυτές. «Θέλω να μου δώσετε τα μάτια του παππού,» είπε. Τότε αυτές του δώσανε δύο μήλα. Και του είπανε αυτά είναι τα μάτια. Τα πήρε το παιδί και ήρθε γεμάτος χαρά στο μαντρί. Ο γέρος ακόμη άρμεγε τα πρόβατα. «Να, παππούλη,» του λέει, «φάε αυτό το μήλο. Μήπως βλέπεις λιγουλάκι;»[21] «Ναι, άρχισα λίγο.» «Να, φάε κι αυτό, μήπως ακόμη πιο πολύ;» «Βλέπω καλά» του λέει. «Και τώρα, τι καλό θέλεις από μένα να σου κάνω;» «Να με στείλεις πίσω σπίτι μου.» Του ετοιμάζει ο γέρος ένα άλογο[22] και του έδωσε και πολλά, μα πάρα πολλά λεφτά.

Καβαλίκεψε το παιδί και γύρισε στο σπίτι του. Εκεί δεν τον γνώρισε κανείς. Ο πατέρας και η μάνα του τον νομίσανε για κανέναν πλούσιο άρχοντα και άρχισαν να τον περιποιούνται,[23] ο πατέρας τού έριξε νερό και η μάνα του του κράταγε την πετσέτα να σκουπιστεί. Αφού τον είδανε έτσι πλούσιο, αποφασίσανε[24] να τον κάνουνε και γαμπρό[25] στην κόρη τους.

«Καλά,» είπε αυτός, «δέχομαι να πάρω την κόρη σας.» Το βράδυ όμως όταν πέσανε να κοιμηθούνε, αυτός έβαλε ανάμεσά τους ένα δίκοπο μαχαίρι.[26] «Αν κουνηθείς[27] εσύ» της είπε, «να σε κόψει, κι αν κουνηθώ εγώ να με κόψει εμένα.» Πέρασε η νύχτα και το πρωί η νύφη[28] το είπε στους γονείς της αυτό που έγινε. Τότε αυτοί τον ρωτήσανε γιατί το έκανε αυτό. Τότε αυτός τους έδειξε το κομμένο δάχτυλο και έτσι φανερώθηκε ποιος ήτανε.

---

14 πιστικός, ο *colloquial*: shepherd (*standard* βοσκός, ο)

15 να αρμέγει (αρμέγω): to milk

16 κοπάδι, το: flock

17 σαν το κρύο το νερό *idiomatic*: of exceptional beauty (*literally* like the cold water)

18 αυγή, η: dawn

19 καλάμι, το: reed-flute

20 έπεσε ο ήλιος (πέφτει ο ήλιος) *idiomatic*: the sun set

21 λιγουλάκι: a little bit (*diminutive form from* λίγο)

22 άλογο, το: horse

23 να τον περιποιούνται (περιποιούμαι): to take care of him, to pamper him

24 αποφασίσανε (αποφασίζω): decided

25 γαμπρό (γαμπρός, ο): groom

26 δίκοπο μαχαίρι: double-edged sword

27 κουνηθείς (κουνιέμαι): move

28 νύφη: bride

Καταλαβαίνουμε το κείμενο:

Σωστό ή Λάθος;

		Σωστό	Λάθος
1.	Ο πατέρας είπε στα παιδιά να κοιμηθούνε.	....	....
2.	Ο μικρός γιος είδε στον ύπνο του ότι ήταν πλούσιος.	....	....
3.	Ο πατέρας χάρηκε πολύ με το όνειρο του γιου του.	....	....
4.	Τα αδέρφια του έκοψαν το δάχτυλό του.	....	....
5.	Το παιδί βρήκε έναν τυφλό γέρο.	....	....
6.	Το παιδί πήγαινε τα πρόβατα να βοσκήσουν.	....	....
7.	Το παιδί είδε τρεις πολύ όμορφες κοπέλες.	....	....
8.	Το παιδί έπαιζε το καλάμι του και κουράστηκε.	....	....
9.	Το παιδί πήρε τρία μήλα από τις νεράιδες.	....	....
10.	Ο γέρος του έδωσε πολλά λεφτά.	....	....
11.	Το παιδί πήγε στο σπίτι του και είπε αμέσως ποιος είναι.	....	....
12.	Το παιδί έβαλε ένα μαχαίρι στο κρεβάτι με την αδερφή του.	....	....

Ασκήσεις

1. Βρείτε τη σωστή σημασία των λέξεων. Μία λέξη από τη δεξιά στήλη περισσεύει.

1. άρχοντας	α. αυτό που βλέπω όταν κοιμάμαι
2. δίκοπος	β. αυτός που δε βλέπει
3. όνειρο	γ. αυτός που δεν ακούει
4. μαντρί	δ. αφέντης, βασιλιάς
5. τυφλός	ε. στάνη, εκεί που φυλάω τα πρόβατα
	στ. αυτό που κόβει και από τις δύο μεριές

2. Συμπληρώστε τις προτάσεις με το ρήμα στον σωστό τύπο. Εξηγήστε γραπτώς τη διαφορετική σημασία που έχει το ρήμα στις δύο προτάσεις.

αρμέγω

1. Ο βοσκός .... τα πρόβατα κάθε πρωί.

....

2. Η φίλη του τον .... κανονικά κι αυτός δεν καταλαβαίνει τίποτα!

....

φυλάω

1. Τα σκυλιά .... καλά τα πρόβατα από τους λύκους.

....

2. Η γιαγιά μου.. όλα τα λεφτά της στην τράπεζα.

....

σφάζω

1. Ο βοσκός .... για το Πάσχα ένα μεγάλο πρόβατο.

....

2. Τι λες που θα το κάνω αυτό! Δε..!

....

3. Εξηγήστε γραπτώς τις παρακάτω εκφράσεις και στη συνέχεια γράψτε προτάσεις.

α.   «δίκοπο μαχαίρι»   = ...

....

β.   «όμορφη σαν το κρύο το νερό»   = ...

....

4. Συμπληρώστε τα κενά με το ρήμα στον Αόριστο ή τον Παρατατικό.

1. Χθες όλη τη νύχτα τα παιδιά.............................. μουσική δυνατά και ....
   (παίζω, χορεύω)

2. Δεν κοιμήθηκα καλά. .... ένα πολύ περίεργο όνειρο και ξύπνησα μέσα
   στη νύχτα. (βλέπω)

3. Βρε παιδί μου, γιατί αγόρασες τόσο ακριβό αυτοκίνητο; Δεν ....
   καθόλου τα λεφτά που έδωσες; (λυπάμαι)

4. Το περπάτημα μου αρέσει πολύ και κάνει καλό στην υγεία. Η φίλη μου κι εγώ το καλοκαίρι
   .... κάθε απόγευμα για περίπου μία ώρα. (περπατώ)

5. Ξαφνικά το παιδί .... μπροστά τους και τους είπε ποιος είναι.
   (φανερώνομαι)

5. Πολλές φορές στον προφορικό λόγο και τη λογοτεχνία τα ρήματα στο τρίτο πληθυντικό ή στο τρίτο ενικό πρόσωπο παίρνουν ένα τελικό –ε. Γράψτε τα παρακάτω ρήματα στη βασική μορφή τους, όπως στα παραδείγματα.

σηκωθήκανε	σηκώθηκαν	κάνανε	έκαναν
σφάξανε	....	πήγανε	....
λυπηθήκανε	....	ήτανε	....
φτάσανε	....	είχανε	....
γεμίσανε	....	ρωτήσανε	....
γυρίσανε	....	χορεύανε	....
κουραστήκανε	....	δώσανε	....
είπανε	....	παρουσιαστήκανε	....
νομίσανε	....	αποφασίσανε	....
πέσανε	....	φαινότανε	....

Γράφουμε

1. Στο τέλος του παραμυθιού το όνειρο (η προφητεία) γίνεται πραγματικότητα. Ξέρετε άλλες
   ιστορίες στη λογοτεχνία που μιλούν για την εκπλήρωση μιας προφητείας; Βρείτε ένα
   παράδειγμα και γράψτε τις ομοιότητες και διαφορές με το ελληνικό παραμύθι.

2. Βρείτε όλες τις λέξεις στο κείμενο σχετικές με την κτηνοτροφία. Στη συνέχεια γράψτε προτάσεις με τρεις από αυτές τις λέξεις.

   ....

1. ....

2. ....

3. ....

Μιλάμε

1. Οι νεράιδες είναι μια ειδική κατηγορία γυναικών στην ελληνική λαϊκή παράδοση. Βρείτε πληροφορίες και ιστορίες για νεράιδες και ετοιμάστε μια παρουσίαση για την τάξη.
   — Ποια είναι τα χαρακτηριστικά τους; (όμορφες, άσχημες κ.λπ.)
   — Τι κάνουν; (χορεύουν, τραγουδούν κ.λπ.)
   — Πού ζουν;
   — Ποια είναι η σχέση τους με τους ανθρώπους; (κάνουν κακό, καλό κ.λπ.)

2. Μιλήστε για τα όνειρα. Μπορείτε να απαντήσετε στα εξής:
   — Εσείς βλέπετε όνειρα; Τα θυμάστε για πολλές μέρες;
   — Περιγράψτε ένα όνειρο που είδατε πρόσφατα.
   — Πιστεύετε στα όνειρα; Ναι, όχι και γιατί;
   — Έχετε παραδείγματα όπου το όνειρό σας έγινε πραγματικότητα;

3. Μιλήστε για τη μοίρα του ανθρώπου. Μπορείτε να απαντήσετε στα εξής:
   — Τι πιστεύετε για τη μοίρα του ανθρώπου;
   — Μπορούμε, τελικά, να αποφύγουμε τη μοίρα μας;
   — Έχει η μοίρα περισσότερη δύναμη από τον άνθρωπο;

Μια φορά κι έναν καιρό ήταν μια γριά κι ένας γέρος. Ζούσανε αγαπημένα, μόνο που δεν είχανε ένα παιδάκι και το είχανε μεγάλο καημό.[2] Μια μέρα η γριά δεν είχε ψωμί να δώσει στον γέρο να πάρει μαζί του στο χωράφι —ήτανε γεωργός[3]— και τον παρακάλεσε να φύγει αυτός κι αυτή θα του το πήγαινε. Κι ο γέρος έφυγε. Ζύμωσε[4] καλά-καλά η γριά κι έβαλε στον φούρνο[5] την πίτα να ψηθεί και μετά τα ψωμιά. Σαν τέλειωσε πια και το ψήσιμο,[6] άρχισε πάλι το παράπονό της: «Να, τώρα, να είχα ένα παιδάκι, θα του πήγαινε ψωμί του γέρου, μόνο δε θα πήγαινα εγώ η καημένη!» Και τα μάτια της πήρανε το πιθάρι[7] δίπλα στον φούρνο που ήταν γεμάτο κουκιά. «Να ήτανε όλα αυτά τα κουκιά παιδάκια!» είπε με στοχασμό η γριά. Κι επειδή ήταν θεοσεβούμενη,[8] ο Θεός την άκουσε και με μιας πετάγονται από το πιθάρι τόσα μωρά, όσα ήταν κουκιά.

«Μαμά πεινάω, μαμά πεινάω...» φώναζαν[9] όλα μαζί τα μικρά κι αυτή έκοβε και τους έδινε κι έφαγαν τα ψωμιά, έφαγαν και το ζυμάρι[10] ακόμα. Κι η γριά τότε θύμωσε κι έκλαιγε γιατί τι θα του πήγαινε του γέρου στη δουλειά; Τα πήρε λοιπόν όλα μαζί με το πιθάρι και τα άδειασε στο ρέμα[11] να πεθάνουνε να ησυχάσει κι αυτά πνίγηκαν.[12]

Μετά γύρισε στο σπίτι κι έβαλε δεύτερη φουρνιά και σαν τέλειωσε το ψήσιμο παραπονέθηκε: «Να άφηνα τουλάχιστο μόνον ένα παιδί, τώρα θα μου το πήγαινε». Και πετάχτηκε δίπλα της ένα μικρό κουκάκι που είχε γλιτώσει και της φώναξε: «Μαμά, πεινάω...,» κι η γριά, χαρούμενη, τ' αγκάλιασε και το φίλησε και του έβαλε να φάει, να χορτάσει. «Τώρα, να πας στον πατέρα σου ψωμί,» του είπε κι αυτό έφυγε τρέχοντας και πάει στον γεωργό.

«Πατέρα, σου έφερα το ψωμί,» του είπε, κι αυτός ξαφνιάστηκε[13] και το ρώτησε ποιος είναι. Το κουκάκι, έτσι το έλεγαν το μικρό, του είπε την ιστορία του κι αυτός χάρηκε. «Έλα, τώρα, κάθισε

---

1   κουκάκι, το: small fava bean (*diminutive form from* κουκί, το)

2   καημός, ο: desire

3   γεωργός, ο: farmer

4   ζύμωσε (ζυμώνω): kneaded

5   φούρνος, ο: oven

6   ψήσιμο, το: baking

7   πιθάρι, το: clay jar

8   θεοσεβούμενη (θεοσεβούμενος, -η, -ο): pious

9   φώναζαν (φωνάζω): were speaking loudly, were screaming

10 ζυμάρι, το: dough

11 ρέμα, το: stream

12 πνίγηκαν (πνίγομαι): drowned

13 ξαφνιάστηκε (ξαφνιάζομαι): was surprised

να φάμε και μαζί,» είπε ο γεωργός κι άφησε τα βόδια με τ' αλέτρι[14] παράμερα. Αλλά το κουκάκι που ήταν χορτασμένο, είπε: «Πατέρα, μπορείς ν' ανοίξεις μια τρύπα[15] στο αλέτρι να μπω μέσα και να οργώνω;» Κι άνοιξε μια τρύπα ο γεωργός στο αλέτρι και μπήκε το κουκάκι μέσα κι όργωνε κι ο γεωργός πιο πέρα έτρωγε.

Σε λίγο, περνάνε δύο πραματευτάδες[16] και είδανε το αλέτρι με τα βόδια να πηγαίνει μόνο του και παραξενευτήκανε. «Καλώς τα πολεμάς,[17] γέρο, τι βλέπουμε εκεί πέρα;» Κι ο γέρος εξήγησε πως το αλέτρι δεν πήγαινε μονάχο του, αλλά το κινούσε άνθρωπος, μα αυτοί δεν πίστεψαν κι έβαλαν στοίχημα.[18] Αν το αλέτρι το κινούσε άνθρωπος, θα έδιναν στον γεωργό τα άλογα κι όλες τις πραμάτειες, μα αν κινιόταν μοναχό του, τότε θα έπαιρναν απ' αυτόν τ'αλέτρι και τα βόδια, και συμφώνησαν.

«Κουκάκι!», φωνάζει τότε ο γεωργός κι εκείνο άκουσε και βγήκε κι απάντησε, και σαν τον είδαν οι πραματευτάδες, έδωσαν τα άλογά τους και τις πραμάτειές τους στον γεωργό κι έφυγαν, κι αυτός έγινε πλούσιος πια, και χαρούμενος που είχε κι ένα παιδάκι.

Καταλαβαίνουμε το κείμενο;

Απαντήστε στις ερωτήσεις.

1. Ποιοι είναι οι ήρωες του παραμυθιού;

2. Γιατί είχανε μεγάλο καημό ο γέρος και η γριά;

3. Τι έκανε η γριά με τα μωρά-κουκάκια;

4. Γλίτωσε κάποιο κουκάκι και τι έκανε;

5. Πού ήταν ο πατέρας και τι έκανε;

6. Τι στοίχημα έβαλαν οι πραματευτάδες;

7. Ποιος κέρδισε το στοίχημα;

---

14 αλέτρι, το: plow
15 τρύπα, η: hole
16 πραματευτάδες (πραματευτής, ο): peddler
17 τα πολεμάς (πολεμώ) *idiomatic*: [you] struggle (*most common meaning* to battle)
18 στοίχημα, το: bet

Ασκήσεις

1. Βρείτε τη σωστή σημασία των λέξεων. Μία λέξη από τη δεξιά στήλη περισσεύει.

1. γέρος
2. καημός
3. αγκαλιάζω
4. ξαφνιάζομαι
5. φούρνος

α. μένω έκπληκτος, απορώ
β. παίρνω στην αγκαλιά μου
γ. φιλάω
δ. εκεί που ψήνουμε / αγοράζουμε ψωμί
ε. στενοχώρια, επιθυμία
στ. άνθρωπος μεγάλος σε ηλικία, ηλικιωμένος

2. Βρείτε τα αντίθετα.

ζω   ≠.............................

πλούσιος   ≠.............................

κλαίω   ≠.............................

βγαίνω   ≠.............................

γέρος   ≠.............................

3. Συμπληρώστε τα κενά με τη σωστή λέξη από το κείμενο.

1. Η γιαγιά μου είναι πολύ .... Κάθε Κυριακή πηγαίνει στην εκκλησία.

2. Ο φίλος της λέει πολλά ψέματα. Δεν πρέπει να τον ....!

3. Σήμερα θα μαγειρέψω κοτόπουλο με πατάτες στον .... Σου αρέσει;

4. Οι γονείς .... πολύ, όταν τα παιδιά τους είναι καλοί μαθητές στο σχολείο.

5. Ο ανιψιός μου είναι πολύ καλό και βολικό παιδί. Δεν ....
    καθόλου!

4. Εξηγήστε γραπτώς τις παρακάτω εκφράσεις και στη συνέχεια γράψτε προτάσεις.

α. «έχω μεγάλο καημό»   =..

....

β. «βάζω στοίχημα»   =..

....

5. Ποιες λέξεις βρήκατε σχετικές με το θέμα «γεωργία»; Γράψτε δύο προτάσεις με αυτές.

....

....

1. ....

2. ....

Γράφουμε

1. Γράψτε την ιστορία με λίγα λόγια. Απαντήστε στις ερωτήσεις.
    — Ποια είναι τα βασικά μοτίβα του παραμυθιού;
    — Ποιοι είναι οι βασικοί ήρωες;
    — Σας άρεσε αυτό το παραμύθι; Ναι, όχι και γιατί;

2. «Δεν είχανε ένα παιδάκι και το είχανε μεγάλο καημό». Πολλά παραμύθια αρχίζουν με τους γονείς που παρακαλούν τον Θεό να τους δώσει παιδιά σε οποιαδήποτε μορφή. Γράψτε δυο παραγράφους για το θέμα αυτό. Μπορείτε να απαντήσετε στις εξής ερωτήσεις:
    — Σας άρεσε το μοτίβο με τα παιδιά-κουκάκια;
    — Τι γνώμη έχετε για τον καημό των ανθρώπων για την απόκτηση παιδιών;
    — Τι κάνουν σήμερα οι άνθρωποι για να αποκτήσουν παιδιά;
    — Εσείς έχετε κάποιον «μεγάλο καημό;»

Μιλάμε

1. Παρουσιάστε στην τάξη διάφορες *παραδοσιακές εργασίες.*
   — Βρείτε φωτογραφίες τους σε βιβλία, περιοδικά, το διαδίκτυο κ.λπ.
   — *Δώστε ένα-δύο παραδείγματα από παραδοσιακές εργασίες.*
   — Περιγράψτε τις εργασίες αυτές.
   — *Υπάρχουν ακόμα και σήμερα; Ναι, όχι και γιατί;*

2. «Το κουκάκι».
   — Τι συμβολίζει το όνομα του πρωταγωνιστή;
   — *Ξέρετε άλλα παραμύθια από την ελληνική ή ξένη παράδοση που το όνομα του πρωταγωνιστή συμβολίζει κάτι;*
   — *Ξέρετε άλλα ονόματα που έχουν ξεχωριστή σημασία; Ποια είναι αυτά;*
   — *Πού χρησιμοποιούνται κυρίως αυτά τα ονόματα; Εσείς από πού τα ξέρετε;*

Chapter 16 Οι Δώδεκα Μήνες

Μια φορά κι έναν καιρό ήτανε μια γιαγιά που η κόρη της πέθανε και της άφησε ένα μικρό εγγονάκι. Η κακομοίρα ήτανε φτωχή και πάλευε[1] για ν' αναθρέψει[2] το μικρό ορφανό. Μια μέρα του είπε: «Κάτσε, πουλάκι μου, μέσα στο σπίτι, κι εγώ δε θα αργήσω να έρθω. Θα πάω στο βουνάκι να μαζέψω λίγα αγριολάχανα.[3] Μη φοβάσαι, πουλάκι μου, και θα έρθω γρήγορα.»

Η γιαγιά έφυγε και πήγε στο βουνάκι, κι άρχισε να μαζεύει αγριολάχανα. Σε λίγο όμως την έπιασε η βροχή.[4] Τι να κάνει η γριά, βρήκε μια σπηλιά[5] και μπήκε μέσα, για να μη βραχεί.[6]

Μέσα στη σπηλιά ήτανε δώδεκα ωραία παλληκάρια. «Καλώς τα παιδιά μου,» τους λέει η γριά. «Καλώς την τη γερόντισσα,» της λένε εκείνα. «Πώς βρέθηκες εδώ με τέτοιον καιρό;» «Ω, παιδάκια μου, πού να σας λέω τα βάσανά[7] μου! Η κόρη μου πέθανε και μου άφησε ένα μικρό παιδάκι. Πώς όμως να το αναθρέψω, που είμαι φτωχή, η κακομοίρα; Βγήκα λοιπόν να του μαζέψω λίγα λάχανα και μ' έπιασε η βροχή, κι ήρθα εδώ για να μη βραχώ.» «Ναι, καλή μου γερόντισσα, αλλά και τούτος ο καιρός το παρακάνει.[8] Τώρα τόσες μέρες όλο βρέχει. Δεν έχει στον νου του[9] να σταματήσει.» Κι η φρόνιμη[10] γριούλα τους απαντά: «Μα, παιδάκια μου, χωρίς τη βροχή πώς θα γίνουν τα σπαρτά;[11] Κι ύστερα χωρίς τη ζέστη πώς θα ωριμάσουνε[12] τα φρούτα και τα σταφύλια; Χωρίς τα χιόνια πώς θα τρέξουνε οι βρύσες;»[13]

Στο μεταξύ[14] η βροχή σταμάτησε, κι η καλή γριούλα ετοιμάστηκε να φύγει. «Φέρε μας το σακούλι[15] σου, γιαγιάκα, και μη βιάζεσαι[16] τόσο πολύ.» Η γριά τούς έδωσε το σακούλι της, και τα καλά παλληκάρια τής το γέμισαν λίρες. Γιατί αυτοί ήτανε οι Δώδεκα Μήνες, που κατοικούσανε

---

1 πάλευε (παλεύω): was fighting, was struggling
2 ν' αναθρέψει (αναθρέφω/ανατρέφω): to raise, to breed
3 αγριολάχανα (αγριολάχανο, το): wild cabbage
4 την έπιασε η βροχή (πιάνει η βροχή) *idiomatic*: it started to rain (*literally* she was caught by rain)
5 σπηλιά, η: cave
6 να μη βραχεί (βρέχομαι): not to get wet
7 βάσανα (βάσανο, το): tribulations, struggles
8 το παρακάνει (παρακάνω) *idiomatic*: takes it too far
9 νου (νους, ο): mind, «δεν έχει στον νου του» *idiomatic*: he doesn't want, he doesn't have in mind to
10 φρόνιμη (φρόνιμος, -η, -ο): wise, prudent
11 σπαρτά (σπαρτό, το): crops
12 θα ωριμάσουνε (ωριμάζω): will mature, will ripen
13 βρύσες (βρύση, η): springs, fountains
14 στο μεταξύ: in the meantime, meanwhile
15 σακούλι, το: sack
16 μη βιάζεσαι (βιάζομαι): don't hurry

στο βουνό, κι ευχαριστηθήκανε[17] από τα λόγια της γριάς. Αυτή πήρε το σακούλι και γύρισε σπίτι της. Η χαρά της εκεί δεν περιγράφεται,[18] που είδε πως ήταν γεμάτο λεφτά. Πήγε αμέσως στο μαγαζί να ψωνίσει και να πληρώσει τα χρέη της. Πήρε ψωμί, μανέστρα[19] και λάδι, για το φαγητό και για το λυχνάρι.[20] Το εγγονάκι της που τα είδε όλα αυτά, σάστισε[21] και τη ρώτησε: «Πού τα βρήκες, γιαγιά, τόσα λεφτά και ψώνισες τόσα πράγματα;» «Παιδάκι μου, ο Θεός δεν αφήνει κανέναν.» Και του είπε την ιστορία.

Το βράδυ άναψαν φωτιά, κι η γριά έβαλε πάνω τη μανέστρα. Άναψαν και το λυχνάρι κι έκατσαν κι έφαγαν καλά. Η κουνιάδα[22] όμως της γριάς, που καθόταν κοντά κι ήταν φθονερή[23] και κακιά, είδε το φως κι άκουσε τα κουτάλια[24] κι απόρησε: «Πού βρήκε τα λεφτά η Μαρία κι αγόρασε λάδι κι έχει και καλό φαΐ;» Σηκώνεται λοιπόν πρωί – πρωί,[25] την άλλη μέρα, και ρωτάει την κουνιάδα της: «Τι φώτα είχες εψές[26] το βράδυ, κι άκουγα και κουτάλια;»—«Ο Θεός δεν απελπίζει[27] κανέναν,» της είπε η γριά, και της διηγήθηκε[28] όλη την ιστορία.

Η κακιά κουνιάδα σκέφτηκε τότε να πάει κι εκείνη στο βουνό. Παίρνει λοιπόν το σακούλι της κι ανεβαίνει στη ράχη κι άρχισε να μαζεύει λάχανα. Στο μεταξύ την πιάνει η βροχή, και γεμάτη χαρά μπαίνει μέσα στη σπηλιά και βρίσκει τα δώδεκα παλληκάρια. «Καλώς την τη γερόντισσα,» της λένε. «Πώς βρέθηκες εδώ με τέτοια κακοκαιρία;» «Ω, παιδάκια μου,» τους λέει, «που κακό χρόνο να 'χει[29] τούτος ο καιρός που δεν μας αφήνει να κουνηθούμε. Δε βλέπετε τώρα πόσες μέρες βρέχει;» «Γιαγιάκα, έχε υπομονή,[30] θα καλοσυνέψει ο καιρός και θα έρθει και το καλοκαίρι!» «Να μη φτάσει νά 'ρθει,[31] γιε, να μας πεθάνει από την κάψα[32] του.»

Στο μεταξύ σταμάτησε η βροχή, κι η γριά έκανε να φύγει. «Στάσου,» της λένε τα παλληκάρια. «Φέρε μας το σακούλι σου να σε φιλέψουμε.»[33] Η γριά γεμάτη χαρά έδωσε το σακουλάκι της, κι ύστερα από λίγο της το δώσανε δεμένο. «Πάρ' το, γιαγιά, και πήγαινέ το σπίτι σου, αλλά πριν το ανοίξεις, να κλείσεις καλά πόρτες και παραθύρια.» Πήγε 'κείνη χαρούμενη πως θα βρει λεφτά, μα όταν κλείστηκε στην κάμαρά της κι άνοιξε το σακούλι, βγήκαν από μέσα φίδια πολλά, που ανέβηκαν πάνω της και την έπνιξαν. Όπως έστρωσε έτσι και κοιμήθηκε.[34]

---

17 ευχαριστηθήκανε (ευχαριστιέμαι): were pleased, enjoyed
18 περιγράφεται (περιγράφομαι): be described, be fathomed
19 μανέστρα, η: orzo
20 λυχνάρι, το: oil lamp
21 σάστισε (σαστίζω): was confounded
22 κουνιάδα, η: sister-in-law
23 φθονερή (φθονερός, -ή, -ό): envious
24 κουτάλια (κουτάλι, το): spoons
25 πρωί – πρωί *idiomatic*: very early in the morning
26 εψές (ψες) *colloquial*: yesterday (*standard* χθες)
27 απελπίζει (απελπίζω): daunt
28 διηγήθηκε (διηγούμαι): recounted, narrated
29 κακό χρόνο να'χει *idiomatic*: may he be damned (*literally* I wish him a bad time)
30 υπομονή, η: patience
31 να μη φτάσει νά 'ρθει *idiomatic*: it should not come
32 κάψα, η: heat
33 να σε φιλέψουμε (φιλεύω): to treat
34 όπως έστρωσε έτσι και κοιμήθηκε *idiomatic*: she made her bed, now lies in it

Καταλαβαίνουμε το κείμενο;

Απαντήστε στις ερωτήσεις.

1. Είχε η γιαγιά παιδιά και εγγόνια;

2. Πού πήγε η γιαγιά και γιατί;

3. Τι καιρό έκανε;

4. Ποιους βρήκε στη σπηλιά;

5. Τι τους είπε για τη βροχή, τη ζέστη, και τα χιόνια;

6. Τι έδωσαν στη γριά τα παλληκάρια;

7. Τι ρώτησε η κακιά κουνιάδα την καλή γιαγιά και γιατί;

8. Πήγε η κουνιάδα στο βουνό;

9. Τι είπε η κουνιάδα στα δώδεκα παλληκάρια;

10. Τι έπαθε στο τέλος η κουνιάδα και γιατί;

Ασκήσεις

1. Βρείτε τη σωστή σημασία των λέξεων. Μία λέξη από τη δεξιά στήλη περισσεύει.

1. παλληκάρι	α.	όταν περιμένω να γίνει κάτι
2. κακομοίρα	β.	πολλή ζέστη
3. υπομονή	γ.	χρυσό νόμισμα
4. λίρα	δ.	γενναίος άνδρας
5. κάψα	ε.	δύστυχη γυναίκα
	στ.	όμορφη κοπέλα

2. Βρείτε τα αντίθετα.

ζέστη   ≠.............................

φθονερός   ≠.............................

καλοκαίρι   ≠.............................

ευχαριστιέμαι   ≠.............................

ανάβω   ≠.............................

3. Γράψτε προτάσεις με τις παρακάτω εκφράσεις.

α.   «έχω στον νου μου»

....

β.   «να μη φτάσει να...»

....

4. Ποιες λέξεις βρήκατε στο παραμύθι σχετικές με τον καιρό; Ποιες άλλες ξέρετε; Γράψτε δύο προτάσεις με τις λέξεις που βρήκατε.

....

1.   ....

2.   ....

5. Συμπληρώστε τα κενά με το ρήμα στον σωστό τύπο.

βιάζομαι, κατοικώ, βρίσκω, ανοίγω, αναθρέφω

1.   Στην Αλάσκα δεν .... πολλοί άνθρωποι.

2.   Η γριά, όταν γύρισε στο σπίτι της, ... λίρες στο σακούλι της.

3.   Μπορώ να .... το παράθυρο, σας παρακαλώ; Έχει πολλή ζέστη.

4.   Οι γονείς προσπαθούν να .... σωστά τα παιδιά τους.

5.   Μα γιατί .... να φύγεις τόσο νωρίς; Κάτσε λίγο ακόμα!

Γράφουμε

1. Τις πιο πολλές φορές στα παραμύθια ο καλός ήρωας ανταμοίβεται, ενώ ο κακός τιμωρείται. Συμφωνείτε και γιατί; Γράψτε μια-δυο παραγράφους για το θέμα αυτό.

2. Τι μας διδάσκει αυτό το παραμύθι για τη ζωή; Πρέπει να είμαστε ευχαριστημένοι με όλες τις καταστάσεις; Εσείς πώς αντιμετωπίζετε τις δυσκολίες της ζωής; Γράψτε ένα μικρό κείμενο με τις απόψεις σας.

Μιλάμε

1. Μιλήστε για τις δύο γριές γυναίκες. Πώς τις χαρακτηρίζετε; Βρείτε επίθετα για κάθε μία γυναίκα.

2. Παίζουμε θέατρο: Οι δώδεκα μήνες και οι τέσσερις εποχές.
   — Σκεφτείτε πως συναντάτε τις τέσσερις εποχές του χρόνου με τους δώδεκα μήνες.
   — Χωριστείτε σε τέσσερις ομάδες: το καλοκαίρι, η άνοιξη, το φθινόπωρο και ο χειμώνας.
   — Η κάθε εποχή μιλάει για τα χαρακτηριστικά της.
   — Εσείς τι θα λέγατε στους Δώδεκα Μήνες;
   — Προτιμάτε κάποιον μήνα και γιατί;

Chapter 17 Η Σταχτοπούτα[1]

Μια φορά κι έναν καιρό ήτανε μια χήρα μάνα κι είχε τρεις θυγατέρες.[2] Ήτανε πολύ φτωχές κι όλη μέρα έγνεθαν[3] για να ζήσουνε. Μια μέρα είπανε να παραβγούνε[4] στο γνέσιμο,[5] κι όποιας πρωτοσπάσει[6] η κλωστή,[7] να την κάνουν αγελάδα και να τη φάνε.

Σπάζει πρώτη φορά της μάνας τους η κλωστή, τη συγχωρέσανε[8] και της είπαν: «Πρόσεχε, μάνα, μη σου ξανασπάσει η κλωστή, γιατί θα γίνει αυτό που συμφωνήσαμε.» Σπάζει και δεύτερη φορά, και πάλι της λένε: «Κι αυτή σου τη χαρίζουμε,[9] αλλά αν σου σπάσει και τρίτη φορά, θα σε κάνουμε αγελάδα και θα σε φάμε.»

Σπάζει λοιπόν και τρίτη φορά, και τότε οι δυο μεγαλύτερες αδερφάδες[10] αποφάσισαν να την κάνουν αγελάδα. Η μικρότερη όμως που ήταν καλή κι αγαπούσε πολύ τη μάνα της, έκλαιγε και φώναζε και δεν ήθελε με κανένα τρόπο να τη χάσει. Αυτές όμως δεν την άκουσαν, και έκαναν τη μάνα τους αγελάδα. Η μικρή τότε πήγε κοντά της κι εκείνη την έγλειφε[11] με τη γλώσσα της και της έλεγε να μην πικραίνεται,[12] και πως αν τη σφάξουνε, αυτή να μαζέψει τα κόκαλά της[13] και να τα θάψει.

Έπειτα από λίγες μέρες οι μεγάλες αδερφάδες αποφάσισαν να σφάξουν την αγελάδα. Την έκοψαν κομμάτια, τη μαγείρεψαν και κάθισαν να τη φάνε. Η μικρότερη όμως δεν ήθελε να φάει μαζί τους, κι όταν εκείνες της έλεγαν να δοκιμάσει, αυτή τους απαντούσε ότι δεν μπορεί να φάει από τη μάνα της. Μόνο καθόταν, την ώρα που έτρωγαν οι άλλες και μάζευε τα κόκαλα κι έκλαιγε και μοιρολογούσε.[14] Τα πήρε σ' ένα σακί και πήγε και τα έθαψε σ' έναν λάκκο,[15] και κάθε μέρα

---

1 Σταχτοπούτα, η: Cinderella
2 θυγατέρες (θυγατέρα, η) *archaic*: daughters (*standard* κόρη, η)
3 έγνεθαν (γνέθω): spun (textiles)
4 να παραβγούνε (παραγβαίνω) *colloquial*: to compete
5 γνέσιμο, το: spinning (textiles)
6 πρωτοσπάσει (πρωτοσπάζω): breaks first
7 κλωστή, η: thread
8 συγχωρέσανε (συγχωρώ): forgave
9 χαρίζουμε (χαρίζω): grant, gift
10 αδερφάδες (αδερφή, η) *colloquial*: sisters
11 έγλειφε (γλείφω): was licking
12 να μην πικραίνεται (πικραίνομαι) *idiomatic*: not to get sad, not to get discouraged (*literally* not to get bitter)
13 κόκαλα (κόκαλο, το): bones
14 μοιρολογούσε (μοιρολογώ): mourned
15 λάκκος, ο: pit

πήγαινε και τα θύμιαζε. Αυτό γινότανε σαράντα μέρες, και κάθε που γύριζε από τον τάφο[16] της μάνας της, πήγαινε και καθότανε μέσα στη στάχτη,[17] κι όλο έκλαιγε και δε μιλούσε σε κανέναν. Γι' αυτό οι αδερφάδες της την κορόιδευαν[18] και την έλεγαν «σταχτοπούτα».

Όταν πέρασαν οι σαράντα μέρες, η Σταχτοπούτα είδε στον ύπνο της τη μάνα της, που της είπε να ανοίξει το λάκκο της και θα βρει μέσα τρία καρύδια,[19] που θα έχουν φουστάνια, παπούτσια και καπέλα. Πήγε την άλλη μέρα κρυφά από τις αδερφάδες της κι άνοιξε τον λάκκο, και βρήκε πράγματι τα τρία καρύδια, που είχανε μέσα τρία ωραία φορέματα: τον κάμπο με τα λουλούδια, τη θάλασσα με τα κύματα[20] και τον ουρανό με τα άστρα. Και βρήκε κι ένα ζευγάρι[21] χρυσά παπούτσια.

Την Κυριακή οι αδερφάδες της ήτανε να πάνε στην εκκλησιά, κι είπανε της Σταχτοπούτας να πάει κι εκείνη μαζί τους. Αυτή όμως καθότανε και σκάλιζε τη στάχτη, κι έλεγε πως δεν ήθελε να πάει πουθενά. Όταν όμως έφυγαν οι αδερφάδες της, πήγε γρήγορα κι άνοιξε το ένα καρύδι, ντύθηκε με το φόρεμα που βρήκε μέσα, και πήγε από πίσω τους στην εκκλησιά.

Όταν μπήκε μέσα στην εκκλησιά, όλοι τη θαύμασαν[22] για την ομορφιά της, κι αυτές οι ίδιες οι αδερφάδες της, που δεν τη γνώρισαν, κοίταζαν με μεγάλη ζήλια.[23] Εκείνη όμως έφυγε προτού τελειώσει η εκκλησιά, πήγε στο σπίτι της, άλλαξε τα ρούχα της, έβαλε τα παλιά της, και κάθισε πάλι στη στάχτη.

Όταν γύρισαν οι αδερφάδες της, της έλεγαν: «Κρίμα,[24] που δεν ήρθες να δεις μια ωραία ξένη,[25] που ήρθε στην εκκλησιά!» Η Σταχτοπούτα όμως έκανε πως δεν την ένοιαζε[26] και τους έλεγε. «Αφήστε με εμένα στη λύπη μου! Τι γυρεύω να πάω στην εκκλησιά!»

Το ίδιο έγινε και την άλλη Κυριακή, που ήτανε και το βασιλόπουλο[27] στην εκκλησιά, και δεν πρόφτασε να τη γνωρίσει. Γι' αυτό την τρίτη Κυριακή, επειδή του άρεσε αυτή η ξένη, το βασιλόπουλο είπε και βάλανε μέλι[28] στο σκαλί της εκκλησιάς, για να κολλήσει το παπούτσι της όταν θα βγαίνει, και να την πιάσει. Έτσι έγινε πραγματικά. Κόλλησε το παπούτσι της Σταχτοπούτας πάνω στο μέλι, μα αυτή δε στάθηκε να το πιάσει, αλλά συνέχισε τον δρόμο της.

---

16   τάφος, ο: grave
17   στάχτη, η: ash
18   κορόιδευαν (κοροϊδεύω): ridiculed
19   καρύδια, τα (καρύδι, το): walnuts
20   κύματα (κύμα, το): waves
21   ζευγάρι, το: pair
22   θαύμασαν (θαυμάζω): admired
23   ζήλια, η: envy
24   κρίμα *idiomatic*: Pity!
25   ξένη, η: foreigner, stranger
26   δεν την ένοιαζε (νοιάζει): she did not care
27   βασιλόπουλο, το: prince
28   μέλι, το: honey

Τότε το βασιλόπουλο πήρε το παπούτσι κι άρχισε να γυρίζει στα σπίτια και να το δοκιμάζει[29] σ' όλα τα πόδια των γυναικών, αλλά σε κανένα δεν έκανε τέλεια. Έφτασε τέλος και στο σπίτι που έμεναν οι τρεις αδερφές. Οι δύο μεγάλες, μόλις είδαν το βασιλόπουλο, έκρυψαν τη Σταχτοπούτα κάτω από ένα κοφίνι,[30] επειδή ντρέπονταν[31] να την παρουσιάσουν έτσι όπως ήταν γεμάτη στάχτες.

Κατά τύχη,[32] το βασιλόπουλο πήγε και κάθισε πάνω σε αυτό το κοφίνι, κι έδωσε στις δυο αδερφάδες να δοκιμάσουν το παπούτσι. Εκείνες προσπάθησαν, αλλά δεν τους πήγαινε[33] καθόλου. Ξαφνικά το βασιλόπουλο τινάζεται[34] πάνω, σαν τρομαγμένο, και λέει στις δυο αδερφάδες: «Τι έχετε κάτω από το κοφίνι και με τσίμπησε;»[35] Οι αδερφάδες κατάλαβαν πως κάποια παλαβωμάρα[36] έκαμε η αδερφή τους, κι είπαν στον βασιλιά: «Ω μεγαλειότατε, φύγετε από εκεί, γιατί έχουμε μια κλώσα[37] μέσα στο κοφίνι και τσιμπάει».

Το βασιλόπουλο όμως δεν έφυγε, και σε λίγο ακούει κι άλλη τσιμπιά, κι ύστερα κι άλλη. Η Σταχτοπούτα είχε μια βελόνα[38] και το τσιμπούσε επίτηδες στα οπίσθια,[39] για να την καταλάβει. Με την τρίτη τσιμπιά λοιπόν σηκώνεται θυμωμένο[40] και δίνει μια[41] στο κοφίνι και το αναποδογυρίζει.[42] Παρουσιάζεται τότε η Σταχτοπούτα, και το βασιλόπουλο της δίνει κι αυτής να δοκιμάσει το παπούτσι, όπου βλέπει ότι της πήγαινε ίσα – ίσα.[43]

Τότε το βασιλόπουλο τη ρωτάει αν είναι πραγματικά αυτή που πήγαινε στην εκκλησιά, κι εκείνη του διηγήθηκε όλη την ιστορία της. Το βασιλόπουλο την πήρε στο παλάτι του και την παντρεύτηκε με μεγάλες τιμές,[44] κι άφησε τις δυο αδερφές να ζήσουν έρημες[45] και περιφρονημένες,[46] κι έζησαν αυτοί καλά κι εμείς εδώ καλύτερα.

---

29 να δοκιμάζει (δοκιμάζω): to try
30 κοφίνι, το: basket
31 ντρέπονταν (ντρέπομαι): felt ashamed
32 κατά τύχη *idiomatic*: by accident
33 δεν τους πήγαινε (δε μου πάει) *idiomatic*: it did not fit them
34 τινάζεται (τινάζομαι): jumps
35 τσίμπησε (τσιμπώ): pinched, pricked
36 παλαβωμάρα, η: craziness
37 κλώσα, η: hen (incubating eggs)
38 βελόνα, η: needle
39 οπίσθια, τα: buttocks
40 θυμωμένο (θυμωμένος, -η,-ο): angry
41 δίνει μια (δίνω μια) *idiomatic*: to give one kick
42 αναποδογυρίζει (αναποδογυρίζω): overturns
43 ίσα-ίσα *idiomatic*: exactly
44 με μεγάλες τιμές: with great ceremony
45 έρημες (έρημος, -η, -ο): forsaken, forlorn
46 περιφρονημένες (περιφρονημένος, -η, -ο): disregarded, neglected

Καταλαβαίνουμε το κείμενο:

Απαντήστε στις ερωτήσεις.

1. Τι δουλειά έκαναν οι τρεις θυγατέρες και η μάνα τους για να ζήσουνε;

2. Τι έκαναν οι δύο αδερφές στη μητέρα τους;

3. Τι έκανε η Σταχτοπούτα τα κόκαλα της μητέρας της;

4. Τι βρήκε η Σταχτοπούτα στον λάκκο μετά από σαράντα μέρες;

5. Πού πήγαν την Κυριακή οι αδερφές και η Σταχτοπούτα;

6. Πόσες φορές πήγε η Σταχτοπούτα στην εκκλησία φορώντας τα φορέματα που βρήκε στον λάκκο;

7. Ποιος την είδε και τι έκανε για να την πιάσει;

8. Βρήκε το βασιλόπουλο τη Σταχτοπούτα στο σπίτι της; Πώς;

9. Τι έγινε στο τέλος;

Ασκήσεις

1. Βρείτε τη σωστή σημασία των λέξεων. Μία λέξη από τη δεξιά στήλη περισσεύει.

1. μοιρολογώ	α. γελώ, πειράζω
2. κοροϊδεύω	β. τρέλα, κουταμάρα
3. θυγατέρα	γ. κόρη
4. λάκκος	δ. κλαίω, πενθώ
5. παλαβωμάρα	ε. εξυπνάδα
	στ. τρύπα στο έδαφος

2. Βρείτε τα αντίθετα.

λύπη   ≠............................
ξένος   ≠............................
συγχωρώ   ≠............................
προτού (πριν)   ≠............................
συμφωνώ   ≠............................

3. Συμπληρώστε τις παρακάτω προτάσεις.

α.   Η Σταχτοπούτα δεν ήθελε να φάει μαζί με τις αδερφές της γιατί ....

....

β.   Το βασιλόπουλο ρώτησε τη Σταχτοπούτα αν ....

....

γ.   «Μάνα, σου τη χαρίζουμε, αλλά αν σου σπάσει και τρίτη φορά, θα..............................

....

4. Ποιες λέξεις βρήκατε σχετικές με ρούχα και παπούτσια στο κείμενο; Γράψτε προτάσεις με δύο από αυτές.

....

....

....

5. Συμπληρώστε τα κενά με το ρήμα στον σωστό τύπο (Ενεστώτα ή/και Αόριστο).

παντρεύομαι, συγχωρώ, διηγούμαι, παρουσιάζομαι, μοιρολογώ

1.   Η Σταχτοπούτα έχει καλή καρδιά και.. τις αδερφές της.

2.   Σε κάποιες περιοχές στην Ελλάδα οι άνθρωποι .... για πολλές μέρες τους συγγενείς τους, όταν πεθάνουν.

3.   Σε πολλά παραμύθια η ηρωίδα .... ένα βασιλόπουλο στο τέλος.

4.   Ξαφνικά .... μπροστά του μια νεράιδα!

5.   Ο παππούς μου μας .... πολλές ιστορίες από τον πόλεμο.

Γράφουμε

1. Γράψτε ένα μικρό κείμενο για τα έθιμα του θανάτου στην Ελλάδα και στη χώρα σας. Μπορείτε να απαντήσετε στις εξής ερωτήσεις:

   — Η Σταχτοπούτα μοιρολογούσε τη μητέρα της για σαράντα μέρες. Συμβαίνει το ίδιο στη χώρα σας; Πόσο καιρό κρατάει το πένθος;

   — Τι φοράμε όταν πενθούμε;

   — Τι τρώμε;

   — Τι τραγουδάμε; Τι είναι τα μοιρολόγια;

   — Τι είναι τα μνημόσυνα; Πότε γίνονται;

2. Απαντήστε στις ερωτήσεις.

   — Σταχτοπούτα: Τι σημαίνει το όνομα της ηρωίδας; Βρείτε την ετυμολογία του ονόματος.

   — Βρείτε κι άλλα ονόματα για αυτήν την ηρωίδα σε ελληνικές παραλλαγές του παραμυθιού.

   — Τι συμβολίζει το όνομα στην καθημερινή γλώσσα; Ξέρετε περιπτώσεις στις οποίες χρησιμοποιούμε το όνομα «Σταχτοπούτα» και γιατί; Ποια είναι τα χαρακτηριστικά που αποδίδονται στο όνομα;

Μιλάμε

1. Τι διαφορές βρίσκετε ανάμεσα στο ελληνικό παραμύθι και το παραμύθι όπως έγινε γνωστό από την ταινία του Disney; Σκεφτείτε και μιλήστε για τα εξής:

   — Υπάρχουν διαφορετικοί ήρωες;

   — Ποιες είναι οι βασικές διαφορές στην ιστορία;

   — Βλέπετε ομοιότητες στο τέλος του παραμυθιού; Αν ναι, γιατί;

   — Ποιες είναι οι διαφορές στα ήθη και έθιμα και τις παραδόσεις;

2. Χωριστείτε σε ζευγάρια και μιλήστε για ρούχα. Μπορείτε να απαντήσετε στα εξής:

   — Περιγράψτε τα τρία φορέματα της Σταχτοπούτας. Τι χρώματα και σχέδια φαντάζεστε πως έχουν;

   — Ποια είναι τα αγαπημένα σας ρούχα και γιατί; Πού τα φοράτε;

   — Εσείς αγοράζετε ρούχα και παπούτσια συχνά;

   — Σας αρέσουν οι άνθρωποι που φοράνε όμορφα ρούχα; Ναι, όχι και γιατί;

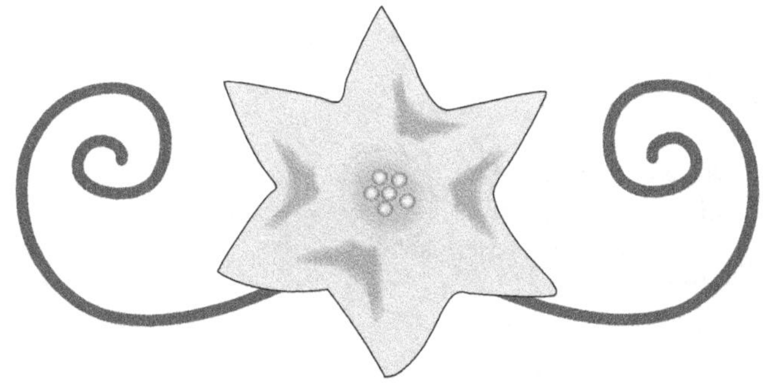

Μια φορά κι έναν καιρό ένας γέρος είχε τρεις κόρες και εργάζονταν. Ο βασιλιάς πρόσταξε[1] να μη φαίνεται φως[2] σε κανένα σπίτι. Αυτές εργάζονταν την ημέρα έξω και τη νύχτα εργάζονταν με το φως. Πηγαίνανε στο υπόγειο,[3] κλείνανε το παράθυρο για να μη φαίνεται το φως.

Κι ένας σκοπός[4] του βασιλιά πέρναγε τη νύχτα για να δει αν υπάρχει φως. Εκεί τα κορίτσια του γέρου λέγανε αστεία. Και άκουσε ο σκοπός. «Αχ! αν με παντρευότανε ο βασιλιάς, θα έκανα ένα χαλί[5] να πατάει ο στρατός,»[6] είπε η μεγάλη. Η άλλη: «Αχ! αν με παντρευότανε ο βασιλιάς, θα του έκανα μια πίτα να φάει ο στρατός.» Και η άλλη: «Αχ! αν με παντρευότανε ο βασιλιάς, θα του έκανα σαράντα παιδιά.»

Ο σκοπός τα άκουσε και τα είπε στον βασιλιά. Κι ο βασιλιάς παρήγγειλε[7] να έρθουν οι κόρες μαζί με τον γέρο. Οι κόρες πήγανε και ο βασιλιάς ρώταγε να μάθει τι λέγανε. «Εμείς δεν είπαμε τίποτα» είπανε τα κορίτσια φοβισμένα. «Θέλω αυτή που είπε ότι θα έκανε σαράντα παιδιά,» απάντησε ο βασιλιάς. Τότε φανερώθηκε η κόρη και την παντρεύτηκε ο βασιλιάς.

Και μια φορά γίνηκε πόλεμος και πήγε ο βασιλιάς. Άφησε τη γυναίκα του μαζί με τη μάνα του. Η γυναίκα του βασιλιά γέννησε τα σαράντα παιδιά. Η μάνα του από κακία[8] τα πήρε και της έβαλε σαράντα κουτάβια.[9] Και τη νύφη[10] την έχτισε[11] στον νεροχύτη[12] και φαινότανε το κεφάλι της. Τα παιδιά τα 'θαψε στην αυλή. Και κει γίνανε τριανταφυλλιές[13] και μύριζε[14] όλος ο κόσμος.

---

1 πρόσταξε (προστάζω): ordered
2 φως, το: light
3 υπόγειο, το: basement
4 σκοπός, ο: guard
5 χαλί, το: carpet
6 στρατός, ο: army
7 παρήγγειλε (παραγγέλνω): ordered
8 από κακία *idiomatic*: out of spite
9 κουτάβια (κουτάβι, το): puppies
10 νύφη, η: daughter-in-law
11 την έχτισε (χτίζω): walled up, encased her
12 νεροχύτη: kitchen sink
13 τριανταφυλλιές (τριανταφυλλιά, η): rosebushes
14 μύριζε (μυρίζω): smelled

Γύρισε μετά από καιρό ο βασιλιάς και ρώτησε πού είναι τα παιδιά του. «Παιδιά ή κουτάβια είπες;» του λέει η βασίλισσα. Ο βασιλιάς είδε την τριανταφυλλιά και μυρίζεται. Στη μάνα του λέγει: «Ωραία τριαντάφυλλα.» «Να μην τα μυριστείς, να τα πετάξεις[15] στα βουνά,» λέγει η μάνα του. Ο βασιλιάς τα πέταξε στα βουνά και κείνα γινήκανε κυπαρίσσια.[16]

Μια φορά κάποτε πήγε για κυνήγι.[17] Εκεί του ήρθε νύστα.[18] «Άστε σεις και θα πέσω,» είπε στους φρουρούς του. Εκεί τον πήρε ο ύπνος.[19] «Βρε τον πατέρα μας, ίσκιο[20] θα του δώσουμε,» είπανε τα κυπαρίσσια. Ο βασιλιάς το άκουσε και το είπε στη μάνα του. Η μάνα του του είπε: «Να τα πάρεις και να τα πετάξεις στη θάλασσα.» «Γιατί;» την ρώτησε ο βασιλιάς. «Τίποτα, είναι κακό για σένα,» του λέει η μάνα του. Ο βασιλιάς τότε τα πήρε και τα πέταξε στη θάλασσα. Και κει γίνηκε παλάτι μεγάλο. Θαύμα[21] έγινε.

Μια μέρα ο βασιλιάς βγαίνει περίπατο[22] και βλέπει το παλάτι. Το λέει στη μάνα του. Η βασίλισσα του είπε: «Εσύ να μην πας εκεί. Ό,τι θέλει ας είναι, είναι κακό για σένα.» Ο βασιλιάς δεν άκουσε. Και μια μέρα πήγε. Και κει τον δεχτήκανε σαράντα παλληκάρια. Τι καρτερέματα[23] του κάνανε! Τι ετοιμασίες[24] είχανε! «Βρε παιδιά, σας ευχαριστώ, αλλά θα σας καλέσω κι εγώ στο σπίτι μου.»

Και ο βασιλιάς υποδοχή[25] κάνει για να τα καλέσει. Και τα κάλεσε. Είχε ετοιμασίες και καθίσανε να φάνε. Τότε πεταχτήκανε τα παλληκάρια και είπανε: «Η μάνα μας είναι στον νεροχύτη. Πάρτε την από κει.» Τη βγάζουν από τον νεροχύτη. Τη φέρνουνε στο τραπέζι και φάγανε όλοι. Η μάνα του βασιλιά γίνηκε μπαρούτι.[26] Και ζήσανε αυτοί καλά κι εμείς καλύτερα.

---

15 να τα πετάξεις (πετώ, πετάω): throw them
16 κυπαρίσσια (κυπαρίσσι, το): cypress trees
17 κυνήγι, το: hunting
18 νύστα, η: sleepiness
19 τον πήρε ο ύπνος (με παίρνει ο ύπνος) *idiomatic*: he fell asleep
20 ίσκιο (ίσκιος, ο): shade
21 θαύμα, το: miracle
22 περίπατο (περίπατος, ο): walk
23 καρτερέματα (καρτέρεμα, το) *dialect*: welcoming
24 ετοιμασίες (ετοιμασία, η): preparations
25 υποδοχή, η: reception
26 γίνηκε μπαρούτι (γίνομαι μπαρούτι) *idiomatic*: became furious (μπαρούτι, το: gunpowder)

Καταλαβαίνουμε το κείμενο;

Βρείτε τη σωστή απάντηση.

1. Ο βασιλιάς πρόσταξε
   α. να μην εργάζονται
   β. να μη φαίνεται φως
   γ. να κοιμούνται νωρίς

2. Οι τρεις κόρες
   α. δούλευαν στο υπόγειο
   β. δούλευαν στο σπίτι και έλεγαν αστεία
   γ. δε δούλευαν τη νύχτα

3. Η μικρή κόρη είπε
   α. ότι θα παντρευτεί τον βασιλιά
   β. ότι θα κάνει σαράντα παιδιά, αν παντρευτεί τον βασιλιά
   γ. ότι θα κάνει μια πίτα, αν παντρευτεί τον βασιλιά

4. Ο βασιλιάς
   α. παντρεύτηκε και έφυγε για πόλεμο
   β. έμεινε με τη μάνα του
   γ. παντρεύτηκε τη μεγάλη κόρη

5. Η μάνα του βασιλιά
   α. γέννησε τα παιδιά
   β. έθαψε τα παιδιά
   γ. έχτισε τα παιδιά

6. Τα παιδιά έγιναν
   α. τριανταφυλλιές
   β. κουτάβια
   γ. τίποτα

7. Ο βασιλιάς
   α. έδωσε τα τριαντάφυλλα στη μάνα του
   β. πέταξε τα τριαντάφυλλα στα βουνά
   γ. είδε τα τριαντάφυλλα κι έφυγε

8. Ο βασιλιάς πήγε για κυνήγι και

   α.   σκότωσε τους φρουρούς του

   β.   κοιμήθηκε με τους φρουρούς του

   γ.   κοιμήθηκε κάτω από τα κυπαρίσσια

9. Ο βασιλιάς

   α.   πέταξε τα κυπαρίσσια στη θάλασσα

   β.   πέταξε τη μάνα του στη θάλασσα

   γ.   μύρισε τα κυπαρίσσια

10. Τα παλληκάρια

   α.   άκουσαν τον βασιλιά

   β.   υποδέχτηκαν τον βασιλιά

   γ.   έφυγαν από το παλάτι

11. Τα παλληκάρια

   α.   είδαν τη μάνα τους και την έβγαλαν από τον νεροχύτη

   β.   σκότωσαν τη μάνα του βασιλιά

   γ.   έγιναν μπαρούτι

Ασκήσεις

1. Βρείτε τη σωστή σημασία των λέξεων. Μία λέξη από τη δεξιά στήλη περισσεύει.

1. υπόγειο	α. νεογέννητο σκυλί
2. κουτάβι	β. είδος φαγητού, μοιάζει με ψωμί
3. πίτα	γ. γατάκι
4. κυπαρίσσι	δ. εκεί που πλένουμε τα πιάτα στην κουζίνα
5. νεροχύτης	ε. είδος ψηλού δέντρου
	στ. το μέρος του σπιτιού κάτω από τη γη

2. Διαβάστε ξανά το κείμενο και βρείτε τη σωστή χρονολογική σειρά των προτάσεων.

Τα παιδιά γίνονται κυπαρίσσια.   ....

Οι τρεις αδελφές δουλεύουν κρυφά το βράδυ και συζητούν.   ....1........

Ο βασιλιάς παντρεύεται τη μικρή κόρη.   ....

Ο βασιλιάς πετάει τα κυπαρίσσια στη θάλασσα και γίνονται παλάτι.   ....

Ο βασιλιάς φεύγει για τον πόλεμο.   ....

Η πεθερά σκοτώνει τα παιδιά και αυτά γίνονται τριανταφυλλιές.   ....

Ο βασιλιάς προσκαλεί τα παιδιά στο παλάτι.   ....

Τα παιδιά βλέπουν και σώζουν τη μητέρα τους.   ....

3. Εξηγήστε γραπτώς τις παρακάτω εκφράσεις και στη συνέχεια γράψτε προτάσεις.

α.   «με παίρνει ο ύπνος»   = ...

      ....

β.   «γίνομαι μπαρούτι»   = ...

      ....

4. Συμπληρώστε τα κενά με το ρήμα στην Προστακτική.

1.   Σας προστάζω .... μη .... φως σε κανένα σπίτι. (φαίνομαι)

2.   Μαρία, ... και .... αμέσως όλα τα άχρηστα πράγματα από το δωμάτιό σου! (παίρνω, πετάω)

3.   Παιδιά, ... και .... όλες τις ασκήσεις της γραμματικής για τις εξετάσεις. (βλέπω, διαβάζω)

4.   Εσύ .... εκεί! (δεν πάω)

5.   .... μου τι θέλεις; (λέω)

5. Έγιναν, γίνανε, γινήκανε: Ποια είναι η βασική μορφή του ρήματος και ποιες οι ιδιωματικές του μορφές; Να κλίνετε το ρήμα σε όλα τα πρόσωπα στον Ενεστώτα και στον Αόριστο (στη βασική του μορφή).

....

....

....

Γράφουμε

1. Ένα από τα κεντρικά θέματα του παραμυθιού είναι η σχέση της πεθεράς με τη νύφη. Γράψτε δύο παραγράφους για το ζήτημα αυτό. Μπορείτε να απαντήσετε στα εξής:

   — Γιατί η μάνα του βασιλιά δε θέλει τη νύφη; Τι κακό κάνει στη νύφη;

   — Έχετε παραδείγματα όπου η πεθερά και η νύφη δεν τα πάνε καλά; Τι προβλήματα υπάρχουν και γιατί;

   — Ξέρετε την έκφραση «κακιά πεθερά»; Τι σημαίνει και πότε τη λέμε;

2. Ποιες ήταν οι τρεις διαδοχικές μεταμορφώσεις των σαράντα παιδιών; Τι πιστεύετε ότι μπορεί να συμβολίζουν οι διαφορετικές μορφές που παίρνουν τα παλληκάρια;

Μιλάμε

1. Μιλήστε για την τιμωρία της κόρης, της συκοφαντημένης γυναίκας.

   — Περιγράψτε την τιμωρία της κόρης. Πιστεύετε ότι ήταν δίκαιη ή άδικη η τιμωρία αυτή;

   — Πώς φαντάζεστε τη γυναίκα;

   — Εσείς πιστεύετε στην αξία της τιμωρίας; Υπάρχουν καλές και κακές τιμωρίες; Ναι, όχι και γιατί;

   — Εσείς τιμωρηθήκατε ποτέ; Αν θέλετε, πείτε στην τάξη γιατί και πώς νιώσατε.

2. Βρείτε ιστορίες με ανθρώπους, κυρίως γυναίκες, κλεισμένες μέσα σε τοίχους.

   — Για παράδειγμα, πολύ γνωστό είναι το δημοτικό τραγούδι «Το Γεφύρι της Άρτας.» Διαβάστε το τραγούδι και συγκρίνετέ το με το παραμύθι.

   — Βρείτε άλλες ιστορίες με σκληρές και απάνθρωπες τιμωρίες. Πείτε σύντομα τι έγινε.

Chapter 19 Ο Χριστός και το παιδί

Ήταν ένας βασιλιάς με τη γυναίκα του κι είχαν τρία παιδιά. Ο βασιλιάς κι η γυναίκα του πέθαναν. Στην πόρτα τους μπροστά είχαν μια συκιά.[1] Σηκώθηκαν το πρωί τα τρία παιδιά. Το μεγάλο το παιδί είπε: «Τι θα την κάνουμε αυτήν τη συκιά;» Η συκιά είχε πάρα πολλά σύκα[2] επάνω της. Το μεγάλο το παιδί είπε: «Ας τη μοιράσουμε,[3] να πάρουμε όλοι μας από ένα κλαδί. Μια βδομάδα να τη φυλάξει ο ένας μας, μια βδομάδα ο άλλος μας, και μια βδομάδα ο άλλος μας.»

Το μεγάλο το παιδί, όταν τη φύλαγε μια βδομάδα, ήρθε ο Χριστός μας, σαν τον φτωχό, και ζήτησε δυο σύκα: «Παιδί μου,» είπε, «το στόμα μου ξεράθηκε,[4] δώσε μου δύο σύκα.» Του έδωσε δύο σύκα, αυτά όμως ήτανε από το κλαδί του μικρού παιδιού.

Πέρασε η βδομάδα. Ήρθε το μεσαίο παιδί, φύλαγε κι εκείνο μια βδομάδα. Ήρθε πάλι ο Χριστός, σαν τον φτωχό, είπε: «Παιδί μου, δώσε μου δύο σύκα, το στόμα μου ξεράθηκε.» Και το μεσαίο το παιδί τού έδωσε δύο σύκα, αλλά από του μικρού παιδιού το κλαδί. Έφυγε ο φτωχός.

Πέρασε η βδομάδα, ήρθε το μικρό παιδί. Ενώ φύλαγε, ήρθε ο Χριστός πάλι σαν φτωχός: «Παιδί μου,» είπε, «δώσε μου δύο σύκα, ξεράθηκε το στόμα μου, φτωχός είμαι.» Ανέβηκε το παιδί, έδωσε από το δικό του το μερίδιο.[5] Ο Χριστός μόλις το είδε ότι έδωσε από το δικό του το μερίδιο είπε: «Παιδί μου, εγώ παιδιά δεν έχω, έρχεσαι να γίνεις δικό μου παιδί;» Κι αυτό το μικρό παιδί «έρχομαι» είπε.

Το πήρε κοντά του και πήγαν. Έφτασαν σ' ένα χωριό. Σ' εκείνο το χωριό γινόταν γάμος. Πήγαν μέσα στο σπίτι που γινόταν ο γάμος. Εκείνοι νόμισαν ότι είναι φτωχοί, τους έδωσαν φαγητό να φάνε.

Αφού έφαγαν κι ύστερα, αυτός ο φτωχός είπε: «Τη νύφη[6] θα τη δώσετε στο παιδί μου.» Αυτοί είπαν: «Τρελός[7] είσαι; Εσύ είσαι ένας φτωχός, το δικό μας είναι πλούσιο κορίτσι. Θα το δώσουμε στο παιδί σου;»

---

1 συκιά, η: fig tree
2 σύκα (σύκο, το): figs
3 ας μοιράσουμε (μοιράζω): let's divide
4 ξεράθηκε (ξεραίνομαι): got dry
5 μερίδιο, το: portion, share
6 νύφη, η: bride
7 τρελός (τρελός, -ή, -ό): crazy

Ο φτωχός είπε: «Άδικα[8] μην κουράζεστε, θα το δώσετε. Θα πάρουμε ένα δαυλί[9] και θα το φυτέψουμε[10] στον κήπο, κι αν βγάλει σταφύλια, μήλα κι αχλάδια ως το πρωί, το κορίτσι σας θα το δώσετε στο παιδί μου. Αν δε βγάλει, το κορίτσι σας ας είναι δικό σας.»

Αυτοί είπαν: «Τρελός είναι αυτός ο άνθρωπος. Ε, ας βάλουμε ένα δαυλί.» Φύτεψαν ένα δαυλί, κι ως το πρωί βγήκαν σταφύλια, μήλα κι αχλάδια. Τότε το έδωσαν το κορίτσι.

Αυτός ο φτωχός πήρε το κορίτσι και το παιδί, και πήγαν σε ένα άλλο χωριό. Στην άκρη εκείνου του χωριού τούς έκανε ένα σπίτι, τους άφησε μέσα στο σπίτι, κι έφυγε...

Πέρασε ένας χρόνος, αυτοί εκεί έκαναν ένα παιδί που πολύ το αγαπούσαν. Μια μέρα ήρθε αυτός ο φτωχός, γεμάτος πληγές[11] και ψείρες,[12] σ' αυτό το σπίτι. Ο άντρας ήταν στη δουλειά. Ο φτωχός μόλις είδε τη γυναίκα, ζήτησε ψωμί. Κι η νύφη μόλις τον είδε ότι είναι φτωχός, είπε: «Παππού, μπες μέσα, κάθισε στον καναπέ επάνω, να σου φέρω φαΐ να φας.» Εκείνος είπε: «Παιδί μου, πώς να καθίσω σε εκείνον τον καναπέ; Επάνω μου όλο πληγές είμαι, είμαι γεμάτος ψείρες.» Και η γυναίκα: «Ας είναι, ας είναι, δεν πειράζει,[13] κάτσε,» είπε.

Μόλις είπε έτσι, ήρθε κι ο άντρας της και τον είδε. Είπε στη γυναίκα του: «Γρήγορα, βάλε νερό, και τον παππού λούσε[14] τον και φόρεσέ του τα δικά μου ρούχα.» Άντρας και γυναίκα ζέσταναν το νερό, γρήγορα τον έλουσαν, τον άλλαξαν, τον έβαλαν στην γωνιά, κάθισε. Είπε ο φτωχός: «Εκείνο το νερό που λούστηκα μην το χύνετε, ως το πρωί ας σταθεί» και κάθισε στη γωνιά. Ύστερα είπαν: «Παππού, τι θέλεις να φας;» Κι εκείνος: «Παιδί μου, τίποτε δε θέλω, από εκείνο το αγαπητό σας το παιδί θέλω λίγο κρέας να φάω.»

Ο άντρας τότε πήγε, έκοψε λίγο κρέας από το πόδι του παιδιού του, το παιδί καθόλου δεν έκλαψε. Το κρέας το έψησε για να το δώσει στον φτωχό. Ο φτωχός, μόλις το πήρε για να το φάει, εξαφανίστηκε. Ύστερα ο άντρας με τη γυναίκα του μαζί πήγαν να δούνε στη λεκάνη[15] το νερό, είδαν ότι η λεκάνη ήταν όλο χρυσά. Τότε το κατάλαβαν ότι ήταν ο Χριστός. Είδαν του παιδιού το πόδι, πληγή δεν είχε. Τότε πετάχτηκαν λέγοντας ότι «ήταν ο Χριστός και δεν το καταλάβαμε.» Βγήκαν έξω, κοίταξαν, δεν τον βρήκαν...

---

8   άδικα: in vain (*most common meaning* unjustly)
9   δαυλί, το: torch
10   θα φυτέψουμε (φυτεύω): will plant
11   πληγές (πληγή, η): wounds
12   ψείρες (ψείρα, η): lice
13   δεν πειράζει *idiomatic*: it doesn't matter
14   λούσε (λούζω): wash
15   λεκάνη, η: washing basin

Καταλαβαίνουμε το κείμενο;

Σωστό ή Λάθος;

		Σωστό	Λάθος
1.	Τα παιδιά μοίρασαν τη συκιά στα τρία.	....	....
2.	Ο φτωχός άνθρωπος ζήτησε νερό.	....	....
3.	Ο μεγάλος αδερφός έδωσε δύο δικά του σύκα στον φτωχό.	....	....
4.	Ο μεσαίος αδερφός δεν έδωσε τίποτα στον φτωχό.	....	....
5.	Ο μικρός αδερφός έδωσε δύο δικά του σύκα στον φτωχό.	....	....
6.	Ο μικρός αδερφός έγινε το παιδί του φτωχού.	....	....
7.	Από το δαυλί βγήκαν σταφύλια και μήλα.	....	....
8.	Ο νέος παντρεύτηκε το κορίτσι κι έκαναν ένα παιδί.	....	....
9.	Η γυναίκα είπε στον φτωχό με τις ψείρες να φύγει από το σπίτι.	....	....
10.	Ο φτωχός λούστηκε και ζήτησε να φάει.	....	....
11.	Ο πατέρας έκοψε κρέας από το πόδι του και το έδωσε στον φτωχό.	....	....
12.	Το νερό στη λεκάνη έγινε σύκα και σταφύλια.	....	....
13.	Ο φτωχός ήταν ο Χριστός.	....	....

Ασκήσεις

1. Βρείτε τη σωστή σημασία των λέξεων. Μία λέξη από τη δεξιά στήλη περισσεύει.

1.	μοιράζω	α.	πλένομαι
2.	ξεραίνομαι	β.	βάζω τα κλάματα
3.	λούζομαι	γ.	χωρίζω σε μέρη
4.	εξαφανίζομαι	δ.	δεν έχω νερό
5.	κλαίω	ε.	δε φαίνομαι, δεν υπάρχω
		στ.	στενοχωριέμαι

2. Βρείτε τα αντίθετα.

βρόμικος   ≠...........................

κάθομαι   ≠...........................

γυναίκα   ≠...........................

μπροστά   ≠...........................

μικρός   ≠...........................

3. Βρείτε ποιες λέξεις ταιριάζουν μεταξύ τους. Χωρίστε τες σε τρεις ομάδες λέξεων. Στη συνέχεια, γράψτε προτάσεις με τις τρεις λέξεις από κάθε ομάδα.

ρούχα	νερό	ντύνομαι
λούζομαι	φυτεύω	κήπος
καθαρός	μήλο	ζεστός

1.

....

....

2.

....

....

3.

....

....

4. Συμπληρώστε τα κενά με το ρήμα στην προστακτική.

1.   Ο παπούς είπε στον εγγονό του: .... μου ένα φιλάκι και μια αγκαλιά! (δίνω)

2.   Παιδιά, ... μέσα στο σπίτι και .... στον καναπέ! (μπαίνω, κάθομαι)

3.   Γιάννη, ... καθαρά ρούχα μετά το γυμναστήριο! (φορώ)

4.   Μαρία, ... φαγητό στο τραπέζι να φάμε! (βάζω)

5.   Δήμητρα, ... την τσάντα μου για λίγο, σε παρακαλώ. (κρατώ)

Γράφουμε

1.   Γράψτε ένα μικρό κείμενο για τη φιλοξενία. Μπορείτε να απαντήσετε στα εξής:

— Πώς φαίνεται η φιλοξενία του ζευγαριού απέναντι στον Χριστό;

— Εσείς είστε φιλόξενοι; Ναι, όχι και γιατί; Γράψτε μερικά παραδείγματα από τη ζωή σας που ήσασταν φιλόξενοι και μερικά που δεν ήσασταν.

— Συγκρίνετε την ιστορία «Η φιλοξενία του Αβραάμ» με το παραμύθι αυτό.

2.   Στο παραμύθι αυτό τα τρία αδέρφια έπρεπε να μοιράσουν μια συκιά. Γράψτε για τις δίκαιες μοιρασιές ανάμεσα στα αδέρφια. Μπορείτε να απαντήσετε στα εξής:

— Πιστεύετε ότι δημιουργούνται προβήματα σχετικά με αυτό και γιατί;

— Πώς πρέπει να μοιράζονται τα πράγματα ανάμεσα στα αδέρφια;

— Εσείς μαλώνετε με τα αδέρφια σας για κάτι που θέλετε να μοιράσετε (για παράδειγμα ένα παιχνίδι, φαγητό, χρήματα κ.λπ);

— Υπάρχουν διάφορα έθιμα στην Ελλάδα που καθορίζουν τη μοιρασιά ανάμεσα στα αγόρια και τα κορίτσια. Ψάξτε για το έθιμο της «κανακαράς» στην Κάρπαθο και γράψτε γι’ αυτό.

Μιλάμε

Παίζουμε θέατρο: Ένας ξένος έρχεται στο σπίτι σας.

— Μοιράστε ρόλους στην τάξη: κάποιος είναι ο ξένος (φτωχός γέρος, φτωχή γριά, κ.λπ.), άλλος είναι ο πατέρας, η μητέρα, το παιδί.

— Σκεφτείτε τον διάλογο ανάμεσα στα πρόσωπα. Βρείτε δικό σας τέλος στην ιστορία.

— Χρησιμοποιήστε ρήματα στην προστακτική (μπες, κάθισε, πιες, φάε κ.λπ.).

Chapter 20 Οι εντολές[1] του Θεού

Στα παλιά τα χρόνια, ήταν ένας κι ήθελε να μάθει τις εντολές του Θεού. Κάθε μέρα στην προσευχή του παρακαλούσε κι έλεγε: «Θεέ μου, δείξε μου τις εντολές σου.»

Μια μέρα, ενώ καθότανε στην αυλή[2] του, ήρθε κοντά του ένας άνθρωπος.

«Τι κάθεσαι και σκέφτεσαι εκεί;» του είπε.

«Θέλω,» είπε, «να μάθω τις εντολές του Θεού.»

«Αν θέλεις να τις μάθεις, σήκω κι έλα μαζί μου να πάμε,» του είπε εκείνος.

Πήγαιναν-πήγαιναν, περπατούσανε από το πρωί ως το βράδυ, και νυχτώθηκαν[3] σε ένα μέρος. Πήγαν χτύπησαν σε μια πόρτα. Τους άνοιξε μια νύφη,[4] κι αυτοί της είπαν: «Δε μας φιλοξενείς; Βραδιαστήκαμε, και δεν έχουμε μέρος να μείνουμε.» Η νυφούλα τους πήρε μέσα, τους έδωσε να φάνε και να πιούνε, τους έβαλε και κάθισαν κοντά στο τζάκι[5] να ζεσταθούν, κι έπειτα τους έστρωσε[6] να κοιμηθούν.

Μα να ξέρεις, αυτός ήταν άγγελος και σαν άνθρωπος κοιμότανε, αλλά σαν άγγελος έκανε τις δουλειές του και φανερωνότανε στον άλλο. Σηκώθηκε λοιπόν τη νύχτα ο άγγελος, και πήρε την ψυχή του μωρού της νύφης. Κι εκείνο, τριών μηνών ένα μωρουδάκι, σωστό βασιλόπουλο.

Αυτό το πράγμα πολύ του κακοφάνηκε[7] του ανθρώπου. Η πεθερά[8] της νύφης να είναι εκεί κοντά στο τζάκι, ανήμπορη[9] και κατάκοιτη,[10] που να μην μπορεί να σαλέψει,[11] και να μην παίρνει εκείνης την ψυχή, αλλά να παίρνει την ψυχή του μωρού! «Εσύ, μην ανακατεύεσαι[12] στις δουλειές μου,» του είπε ο άγγελος. «Έλα μαζί μου, και μη βγάζεις μιλιά!»[13]

---

1 εντολές (εντολή, η): command
2 αυλή, η: yard
3 νυχτώθηκαν (νυχτώνομαι): the night came
4 νύφη, η: young woman (*most common meaning* bride, daughter-in-law or sister-in-law)
5 τζάκι, το: fireplace
6 έστρωσε [το κρεβάτι] (στρώνω το κρεβάτι) *idiomatic*: she made their bed
7 του κακοφάνηκε (κακοφαίνομαι): made a bad impression on him
8 πεθερά, η: mother-in-law
9 ανήμπορη (ανήμπορος, -η, -ο): unable, incapable
10 κατάκοιτη (κατάκοιτος, -η, -ο): bedridden
11 να σαλέψει (σαλεύω): to move
12 μην ανακατεύεσαι (ανακατεύομαι): do not interfere
13 μη βγάζεις μιλιά *idiomatic*: don't speak

Πήγανε-πήγανε, βραδιάστηκαν σε ένα άλλο χωριό. Πήγανε πάλι και χτύπησαν σε μια πόρτα. Τους πήραν μέσα, βάλανε τα φαγητά σε ένα μεγάλο ασημένιο σινί,[14] και τους έφεραν και φάγανε. Αφού καθίσανε και ζεστάθηκαν καλά κοντά στο τζάκι, τους έστρωσαν τα κρεβάτια κι έπεσαν και κοιμήθηκαν. Τη νύχτα πάλι σηκώθηκε ο άγγελος κι εξαφάνισε[15] το σινί. Ο άνθρωπος απόρησε, και του λέει πάλι: «Αυτές τις αδικίες[16] γιατί τις κάνεις;» «Εσύ έλα μαζί μου, και μην ανακατεύεσαι,» του είπε ο άγγελος. Και σηκώθηκαν κι έφυγαν.

Ενώ πήγαιναν και περνούσαν μέσα από ένα χωριό, βλέπουν που οι μαστόροι[17] χτίζανε ένα σπίτι και το μεσημέρι κάθισαν να φάνε. Επήγαν κι αυτοί κι είπαν στη νοικοκυρά: «Θεία,[18] ερχόμαστε από μακριά, πεινάσαμε, δώσε μας ένα κομμάτι ψωμί να φάμε.» «Τι; Να χαθείτε,[19] τεμπέληδες! Έτοιμα γυρεύετε! Ελάτε κι εσείς, δουλέψετε, να κάμετε δίκαιο[20] το ψωμί σας, και θα σας δώσω να φάτε.» Εκείνοι αμέσως πήραν τις τσάπες[21] και τα φτυάρια,[22] κι άρχισαν τη δουλειά. Εκεί, κοντά στα θεμέλια[23] του σπιτιού, ήταν ένα κιούπι[24] λίρες. Ο άγγελος το ήξερε, (άγγελος δεν ήταν;) Φέρε-λιθάρια,[25] φέρε-χώμα, φέρε-λιθάρια, φέρε-χώμα, έχτισαν τη γωνιά και σκέπασαν το κιούπι. Τους έδωσε ύστερα η γυναίκα κι έφαγαν, και σηκώθηκαν κι έφυγαν.

«Μωρέ!» είπε ο άνθρωπος στον άγγελο, «εσύ τι παράξενος άνθρωπος που είσαι! Πήγαμε στης νύφης, μας τάισε και μας πότισε,[26] μας ζέστανε και μας φιλοξένησε, κι εσύ παίρνεις του παιδιού της την ψυχή, αντί να πάρεις την ψυχή της γριάς και να γλίτωνες και τη νυφούλα. Πήγαμε στης γυναίκας, μας τάισε και μας φιλοξένησε, κι εσύ κάνεις άφαντο το σινί της, είπε. Πήγαμε και δουλέψαμε και στο γιαπί, είδαμε το κιούπι με τις λίρες, κι αντί να το φανερώσεις στη γυναίκα — ίσως μάλιστα να έδινε και σε μας κάνα δυο[27] —, εσύ έπιασες και το σκέπασες,» είπε.

«Μωρέ!» του είπε κι ο άγγελος, «αφού δεν ξέρεις, μη μιλάς και λες αποδώ κι αποκεί, ό,τι φτάσεις. Ήθελες να μάθεις τις εντολές του Θεού, έτσι δεν είναι; Ε λοιπόν, είδες εκείνη τη νυφούλα τι καλή και φιλάνθρωπη[28] ήταν; Αύριο-μεθαύριο,[29] όταν θα μεγάλωνε και θα ανασταινόταν[30] εκείνο

---

14 σινί, το *colloquial*: baking dish, tray (*standard* ταψί, το)

15 εξαφάνισε (εξαφανίζω): made disappear

16 αδικίες (αδικία, η): injustices

17 μαστόροι (μάστορας, ο): builders. (The word has two plural forms: *colloquial* μαστόροι, *standard* μάστορες)

18 θεία *colloquial*: an address to an older woman (*most common meaning* aunt)

19 να χαθείτε! *colloquial*: get lost!

20 να κάμετε δίκαιο *idiomatic*: to earn righteously

21 τσάπες (τσάπα, η): spades

22 φτυάρια (φτυάρι, το): shovels

23 θεμέλια (θεμέλιο, το): foundations

24 κιούπι, το *colloquial*: jar

25 λιθάρια (λιθάρι, το): stones

26 μας τάισε και μας πότισε (ταΐζω και ποτίζω) *idiomatic*: took care of us (*literally* fed and gave us water)

27 κάνα δυο *colloquial*: about two

28 φιλάνθρωπη (φιλάνθρωπος, -η, -ο): charitable

29 αύριο-μεθαύριο *idiomatic*: in the near future

30 θα ανασταινόταν (ανασταίνομαι): would have grown up to be (*most common meaning* to resurrect)

το μωρό, θα γινότανε κακούργος[31] άνθρωπος και θα κριμάτιζε[32] τη μάνα του. Πήρα την ψυχή του,» είπε, «για να γλιτώσει. Είδες κι εκείνο το μεγάλο, το ασημένιο σινί; Εκείνη η γυναίκα έχει πέντε παιδιά. Σε κείνο το σινί απάνω θα χυνόταν[33] αίμα: «εσύ το παίρνεις» «εγώ το παίρνω.» Το αφάνισα απ' τον κόσμο, για να μη γίνει αυτό το κακό. Είδες εκεί στο θεμέλιο του σπιτιού το κιούπι με τις λίρες;» είπε. «Κι εκείνο, αν το λέγαμε στη γυναίκα, την είδες τι κακιά που ήταν; Αν έβρισκε τις λίρες θα έπαιρνε σβάρνα[34] όλο το χωριό. Κι έτσι σκεπάσαμε το κιούπι, και θα μείνει εκεί όπως είναι! Εμπρός λοιπόν, τράβα κι εσύ. Αυτές ήταν οι εντολές του Θεού που ήθελες να μάθεις,» του είπε, κι έφυγε.

Οι άλλοι ζήσανε εκείνοι εκεί κι εμείς εδώ, κι εμείς καλύτερά τους!

Καταλαβαίνουμε το κείμενο;

Απαντήστε στις ερωτήσεις.

1. Τι ήθελε να μάθει ένας άνθρωπος;

2. Ποιος τον βρήκε και τι του είπε να κάνουνε;

3. Η νυφούλα πώς τους φιλοξένησε; Τι έκανε ο άγγελος στο σπίτι της νυφούλας;

4. Τι έκανε ο άγγελος στο δεύτερο σπίτι που πήγανε;

5. Τι έκαναν στο σπίτι με τους μαστόρους; Τι τους είπε η γυναίκα; Τι έκανε ο άγγελος;

6. Ο άνθρωπος γιατί απόρησε με τις πράξεις του αγγέλου και τι είπε στον άγγελο;

7. Ο άγγελος γιατί έκανε αυτά που έκανε;

---

31 κακούργος (κακούργος, -α, -ο): malevolent, villainous
32 θα εκριμάτιζε (κριματίζω): would have shamed
33 θα χυνόταν (χύνομαι): would have been shed
34 θα έπαιρνε σβάρνα (παίρνω σβάρνα) *idiomatic*: she would have harrowed, would have treated badly

Ασκήσεις

1. Βρείτε τη σωστή σημασία των λέξεων. Μία λέξη από τη δεξιά στήλη περισσεύει.

1. μου κακοφαίνεται	α. πολύ μικρό παιδί
2. ανακατεύομαι	β. δίνω φαγητό
3. ταΐζω	γ. χαρίζω
4. μωρό	δ. βραδιάζομαι
5. νυχτώνομαι	ε. δε μου αρέσει
	στ. μπερδεύομαι σε δουλειές άλλων

2. Βρείτε τα αντίθετα.

βραδιάζομαι ≠.........................

δίκαιος ≠.........................

χτίζω ≠.........................

φανερώνω ≠.........................

εξαφανίζω ≠.........................

3. Φτιάξτε προτάσεις.

1. Βρείτε λέξεις ή εκφράσεις για τη φιλοξενία (μέσα από το παραμύθι και από αλλού) και φτιάξτε δύο προτάσεις.

....

....

2. Βρείτε λέξεις για τις εντολές και αποφάσεις του Θεού και φτιάξτε δύο προτάσεις.

....

....

4. Συμπληρώστε τα κενά με υποθετικούς λόγους.

1. Αν ζούσε το παιδί της νυφούλας, θα ....

2. Αν η γυναίκα έβρισκε τις λίρες, θα ....

3.   Αν η γυναίκα είχε το σινί, τότε τα παιδιά της θα..................................

4.   Θα πήγαινα στο χωριό, αν ....

5.   Ο άνθρωπος θα έτρωγε και θα έπινε στο σπίτι, αν ....

Γράφουμε

Γράψτε ένα μικρό κείμενο για τη δικαιοσύνη. Μπορείτε να απαντήσετε στις εξής ερωτήσεις:

—   Περιγράψτε τις τρεις «δίκαιες» σκηνές του παραμυθιού. Τι έγινε ακριβώς;

—   Συμφωνείτε με τις πράξεις του αγγέλου; Ναι, όχι και γιατί;

—   Τι είναι δίκαιο και τι άδικο για εσάς;

—   Συγκρίνετε το παραμύθι αυτό με το παραμύθι «Το φίδι, ο άνθρωπος και η αλεπού» (αρ. 10). Τι είναι δίκαιο για τα ζώα, τον άνθρωπο, τον άγγελο, τον Θεό; Υπάρχουν ομοιότητες ή/και διαφορές στην απονομή της δικαιοσύνης;

Μιλάμε

1.   Παίζουμε θέατρο: Ο άγγελος απονέμει δικαιοσύνη.

—   Χωριστείτε σε ομάδες των πέντε ατόμων και μοιράστε τους ρόλους:

α)   η γυναίκα με το μωρό

β)   η γυναίκα με το ασημένιο σινί

γ)   η γυναίκα με τους μαστόρους

δ)   ο άγγελος

ε)   ο ήρωας

—   Παίξτε τους διαλόγους ανάμεσα στους χαρακτήρες.

—   Βρείτε άλλο τέλος σε κάθε μια ιστορία, αν θέλετε.

2.   Σκεφτείτε ένα παράδειγμα όπου κάποιος σας φέρθηκε άδικα και ένα όπου κάποιος σας φέρθηκε δίκαια.

—   Περιγράψτε τα παραδείγματα στην τάξη. Τι έγινε ακριβώς;

—   Πώς νιώσατε;

—   Τι κάνατε;

Μια φορά κι έναν καιρό ήτανε μια αρχοντοπούλα[1] κι οι γονείς της την αγάπαγαν πολύ. Δεν την άφηναν ποτέ μοναχή. Τη φύλαγαν σαν τα μάτια τους.[2] Κάθε πρωί σηκωνότανε κι αφού την υπηρετούσανε[3] πρώτα οι υπηρέτριες, καθότανε στο μπαλκόνι με το κέντημά της και κένταγε.[4] Αυτό γινόταν για πολλά χρόνια, ώσπου η κοπέλα άρχισε και μεγάλωνε.

Μια μέρα από τις πολλές, εκεί που κένταγε, πέρασε ένας αετός,[5] χαμήλωσε και της λέει: «Τι κεντάς και ξομπλιάζεις[6] που άντρα πεθαμένο θα πάρεις;» Η κοπέλα βέβαια κατατρόμαξε[7] ακούγοντας αυτά τα λόγια. Την άλλη μέρα, πάλι τα ίδια ο αετός. Κι η κοπέλα δεν ήξερε τίνος να το πει. Αποφάσισε τέλος να το πει στη μάνα της. «Παιδάκι μου,» της λέει η μάνα της, «άμα σ’ το ξαναπεί να του πεις: πάρε με και σύρε με εκεί που είναι ο πεθαμένος άντρας μου.»

Έτσι λοιπόν και έγινε. Την άλλη μέρα, σαν πέρασε ο αετός και της είπε πάλι τα ίδια, του απάντησε η κοπέλα ό,τι της είχε πει η μάνα της. Χαμηλώνει λοιπόν ο αετός, ανοίγει τα μεγάλα φτερά[8] του, και κάθεται η κοπέλα πάνω του. Κι εκεί που πάνε, πάνε μακριά, φτάνουν κάποτε σε μια ερημιά[9] που βαθιά στο δάσος φαινόταν ένα σπίτι. Την κατέβασε ο αετός και την άφησε. Η κακομοίρα η κοπέλα βέβαια σκιαζόταν,[10] αλλά, «έτσι μου έχει η μοίρα[11] μου,» σκέφτηκε και προχώρησε για το άγνωστο σπίτι.

Αφού περπάταγε όλη την ημέρα, το βράδυ φτάνει και μπαίνει στο σπίτι. Άμα μπήκε όμως τα ’χασε.[12] Στην πρώτη πόρτα ήτανε κρεμασμένα σαράντα κλειδιά. Τα παίρνει κι άρχισε να ανοίγει μια – μια κάμαρη[13] και τι να δουν τα μάτια της: πράματα και θάματα,[14] φαγητά, αρχοντιές,[15]

---

1   αρχοντοπούλα, η: noble young lady

2   τη φύλαγαν σαν τα μάτια τους (φυλάω σαν τα μάτια μου) *idiomatic*: they guarded her very carefully, protected her (*literally* watched her like their eyes)

3   υπηρετούσανε (υπηρετώ): served her, attended on her

4   κένταγε (κεντώ, κεντάω): embroidered

5   αετός, ο: eagle

6   ξομπλιάζεις (ξομπλιάζω) *colloquial*: to needle

7   κατατρόμαξε (κατατρομάζω): became very scared

8   φτερά (φτερό, το): wings

9   ερημιά, η: wilderness, desert

10   σκιαζόταν (σκιάζομαι): was afraid

11   μοίρα, η: fate, destiny

12   τα ’χασε (τα χάνω) *idiomatic*: she was dumbfounded

13   κάμαρη, η *archaic*: chamber (also κάμαρα, η)

14   πράματα και θάματα *idiomatic*: many precious things (*literally* things and wonders)

15   αρχοντιές: noble things

όλα εντάξει. Χαλιά πανάκριβα στρωμένα σ' όλες τις κάμαρες, λούσα,[16] μεγαλεία... όλα πολύ όμορφα. Ανοίγει όμως και την τελευταία κάμαρη και τι να δει η μαύρη![17] Έναν ωραίο άντρα πεθαμένο, ξαπλωμένο με δεμένα[18] χέρια και να κρατάει ένα χαρτί. «Α!» παίρνει και το διαβάζει: «Όποιος με φυλάξει σαράντα μέρες, σαράντα ώρες, σαράντα λεπτά, αν είναι γριά θα την κάνω μάνα μου, αν είναι άντρας θα τον κάνω αδερφό μου, κι αν είναι κοπέλα, γυναίκα μου. Να μην κοιμηθεί ούτε στιγμή όμως.»

Έτσι κι έκανε λοιπόν η κοπέλα. Τον φύλαξε σαράντα μέρες, σαράντα ώρες και σαράντα λεπτά. Μια ώρα όμως πριν τελειώσει το στοίχημα, ακούει κάτι γύφτισσες[19] από κάτω να φωνάζουν: «Σκλάβες, καλές σκλάβες πουλάμε!» «Δεν παίρνω μία;» συλλογίστηκε. Ρίχνει[20] μια τριχιά,[21] την ανεβάζει, την πληρώνει και φεύγουν οι άλλες. Έτσι όπως ήταν νυσταγμένη[22] η κακομοίρα, «σκλαβοπούλα μου,» της λέει, «να πέσω λίγο στα γόνατά σου κι εσύ να με ψειρίσεις,[23] ν' αποκοιμηθώ λιγάκι, που 'χω τόσον καιρό να κοιμηθώ.» Δεν πρόλαβε να γείρει[24] κι αποκοιμήθηκε στο λεπτό.[25] Ξυπνάει τότε το βασιλόπουλο, γιατί ήταν η ώρα του: «Εσύ είσαι κυρά μου που με φύλαξες τόσον καιρό;» «Ναι,» του απαντάει εκείνη. «Κι αυτή η όμορφη κοπέλα που κοιμάται, ποια είναι;» «Αυτήν την έχω να φυλάει τις χήνες.»[26] Κι η κακούργα η γύφτισσα διατάζει να κατεβάσουν την κοπέλα στις χήνες κι αυτή γίνεται βασίλισσα. Έτσι πέρναγε ο καιρός, η γύφτισσα χαιρόταν κι η καημένη η κοπέλα έκλαιγε και τα δέντρα μάραινε.

Κάποτε κηρύχτηκε[27] λοιπόν ένας πόλεμος κι έπρεπε να πάει κι ο βασιλιάς. Προτού φύγει, ρωτάει όλους στο παλάτι τι θέλουν να τους φέρει δώρο άμα θα γύριζε νικητής.[28] Πάει και στην κοπέλα: «Εσύ, κυρά μου, τι θέλεις να σου φέρω;» «Εγώ, αφέντη βασιλιά μου, θέλω να μου φέρεις ένα μαχαίρι της σφαγής,[29] ένα σχοινί[30] του πνιγμού[31] κι ένα ακόνι[32] της υπομονής κι άμα τα λησμονήσεις,[33] να μην ξεκινάει το καράβι που θα μπεις να έρθεις.» Πήγε λοιπόν ο βασιλιάς, πολέμησε, νίκησε, πήρε τις παραγγελίες όλων των άλλων και ξεκίνησε να γυρίσει πίσω στο παλάτι του. Μα της κοπέλας το δώρο το ξέχασε. Μπήκε λοιπόν στο καράβι, μα το καράβι πού να κουνηθεί από τον τόπο του. «Για όνομα του Θεού,»[34] λέει ο καπετάνιος, «μήπως έχει κανένας σας κανένα τάμα; Εσύ, αφέντη βασιλιά, μήπως ξέχασες κανένα σπουδαίο;» Και τότε ο βασιλιάς θυμήθηκε την παραγγελία που είχε κάνει και την εκμυστηρεύτηκε στον καπετάνιο. «Α!», είπε ο

---

16   λούσα (λούσο, το): luxuries
17   η μαύρη! *idiomatic*: the poor woman!
18   δεμένα (δεμένος, -η, -ο): tied
19   γύφτισσες (γύφτισσα, η): gypsies (female)
20   ρίχνει (ρίχνω): drops
21   τριχιά, η: thick rope
22   νυσταγμένη (νυσταγμένος, -η, -ο): sleepy
23   να με ψειρίσεις (ψειρίζω): to remove lice from my head
24   να γείρει (γέρνω) *idiomatic*: to lay down
25   στο λεπτό *idiomatic*: immediately
26   χήνες (χήνα, η): geese
27   κηρύχτηκε (κηρύσσομαι): was declared
28   νικητής, ο: winner
29   σφαγής (σφαγή, η): slaughter
30   σχοινί, το: rope
31   πνιγμού (πνιγμός, ο): strangling
32   ακόνι, το: whetstone
33   λησμονήσεις (λησμονώ): to forget
34   για όνομα του Θεού! *idiomatic*: for God's sake! (*literally* for God's name)

καπετάνιος, «να τα πάρεις κι άμα τα πας, να κρυφτείς και να δεις τι θα γίνει, γιατί κάτι μυστήριο κρύβεται αυτού πέρα.» Πράγματι, τ' αγόρασε ο βασιλιάς και γυρνώντας στο παλάτι τον περίμεναν μουσική κι υποδοχές μεγάλες. Η βασίλισσα με το στέμμα καμάρωνε[35] κι έδινε παντού διαταγές.

Πήραν όλοι τα δώρα τους, παίρνει κι η καημένη η χηνάρισσα[36] τα δικά της. Ευχαρίστησε τον βασιλιά και το βράδυ κλαίγοντας μονάχη της έλεγε: «Σήκω, μαχαίρι της σφαγής κι ακόνι της υπομονής! Δεν είμ' εγώ η αρχοντοπούλα η μοναχοκόρη, που κένταγα και πέρναγε ο αετός και μου 'λεγε, τι κεντάς και τι ξομπλιάζεις, που άντρα πεθαμένο θα πάρεις;» Κι αμέσως σηκωνότανε το μαχαίρι της σφαγής, έτοιμο να τη σφάξει: «Αλλά στάσου,» του 'λεγε, «γιατί έχω κι άλλα να σου πω. Έλα, ακόνι της υπομονής,» κι αμέσως το μαχαίρι πήγαινε στη θέση του. «Δεν είμ' εγώ που 'κατσα σαράντα μέρες, σαράντα ώρες και σαράντα λεπτά πάνω από τον πεθαμένο; Σήκω, σχοινί του πνιγμού, σήκω, ακόνι της υπομονής! Δεν είμαι εγώ που αγόρασα τη σκλαβοπούλα για συντροφιά[37] κι αυτή είπε στον βασιλιά το ψέμα; Σήκω, μαχαίρι της σφαγής και πέτρα της υπομονής...»

Ο βασιλιάς την άκουγε χωρίς να την πιστεύει. Δεν ξέχναγε όμως και να παραφυλάει για ν' ακούσει να το λέει. Ώσπου μια μέρα, θέλησε να καλέσει σε τραπέζι όλον τον λαό[38] και τους γειτονικούς βασιλιάδες. Διέταξε να περιποιηθούν και τη χηνάρισσα και να την ανεβάσουν κι αυτή στο τραπέζι. Ανάμεσα λοιπόν στους καλεσμένους, ήταν ο πατέρας της, όπου μόλις την είδε, τη γνώρισε. Τον γνώρισε κι εκείνη κι έτρεξε αμέσως με δάκρυα[39] στην αγκαλιά του.

Τότε λοιπόν ο βασιλιάς, που πείστηκε[40] πια για την κοπέλα πως έλεγε την αλήθεια, έβαλε όλους τους καλεσμένους να πουν ο καθένας ξέχωρα την ιστορία του. Ρώτησε λοιπόν ο βασιλιάς τη γύφτισσα: «Εσύ τι λες, Μεγαλειότατη, όποιος χωρίζει[41] αντρόγυνα,[42] τι πρέπει να παθαίνει;» Κι αυτή του απαντάει: «Να σφάζεται, να κομματιάζεται,[43] και να τον τρώνε τα σκυλιά.» «Α! μπράβο», της λέει ο βασιλιάς, «έλα τώρα να σε κάνουμε κι εσένα έτσι, παλιογυναίκα.» Έτσι κι έγινε. Την πήρανε, τη σφάξανε, την κάμανε κομματάκια και την πετάξανε στα σκυλιά. Κι έζησαν αυτοί καλά — ο βασιλιάς με τη βασιλοπούλα — κι εμείς καλύτερα. Καληνύχτα τώρα της αφεντιάς σας,[44] γιατί έξω χιονίζει.

---

35   καμάρωνε (καμαρώνω): was boasting
36   χηνάρισσα, η: the lady responsible for the geese
37   συντροφιά, η: company
38   λαό (λαός, ο): people
39   δάκρυα (δάκρυ, το): tears
40   πείστηκε (πείθομαι): was convinced
41   χωρίζει (χωρίζω): separates
42   αντρόγυνα (αντρόγυνο, το): married couples (composite of man and wife: άντρας, γυναίκα)
43   να κομματιάζεται (κομματιάζω): to be torn into pieces
44   της αφεντιάς σας (η αφεντιά μου) *colloquial*: your presence (*literally* your nobleness)

Καταλαβαίνουμε το κείμενο:

Απαντήστε στις ερωτήσεις.

1. Τι έκανε η αρχοντοπούλα κάθε πρωί;
2. Ποιος μίλησε στην αρχοντοπούλα όταν αυτή κένταγε και τι της είπε;
3. Ποιος πήρε την αρχοντοπούλα και πού την πήγε;
4. Τι έκανε η κοπέλα στο παλάτι; Ποιον βρήκε εκεί;
5. Ποιο ήταν το στοίχημα; Τι έλεγε το χαρτί που είχε ο πεθαμένος άντρας;
6. Κατάφερε η κοπέλα να κερδίσει το στοίχημα; Ναι, όχι και γιατί;
7. Τι δουλειά έκανε η κοπέλα μετά το στοίχημα;
8. Πού πήγε ο βασιλιάς;
9. Τι δώρα ζήτησε η κοπέλα από τον βασιλιά;
10. Ο βασιλιάς θυμήθηκε τα δώρα της κοπέλας; Τι έπαθε; Τι είπε ο καπετάνιος στον βασιλιά;
11. Τι έκανε η κοπέλα με τα δώρα της; Τι τους έλεγε;
12. Ο βασιλιάς άκουσε την κοπέλα να μιλάει; Την πίστεψε;
13. Τι έκανε ο βασιλιάς μετά; Ποιους κάλεσε στο παλάτι του;
14. Τι ρώτησε ο βασιλιάς τη βασίλισσα;
15. Τι έπαθε στο τέλος η βασίλισσα/γύφτισσα;

Ασκήσεις

1. Βρείτε τη σωστή σημασία των λέξεων. Μία λέξη από τη δεξιά στήλη περισσεύει.

1.	σκιάζομαι	α.	πολύ μικρό χρονικό διάστημα
2.	συλλογίζομαι	β.	φοβάμαι
3.	λησμονώ	γ.	σκέφτομαι
4.	δάσος	δ.	ξεχνώ
5.	στιγμή	ε.	θυμάμαι
		στ.	μέρος με πολλά δέντρα

2. Βρείτε τα αντίθετα.

θυμάμαι   ≠..........................

κοιμάμαι   ≠..........................

αφέντης   ≠..........................

χωρίζω   ≠..........................

αλήθεια   ≠..........................

3. Εξηγήστε γραπτώς τις παρακάτω εκφράσεις και στη συνέχεια γράψτε προτάσεις.

α.   «τα χάνω»   =...

....

β.   «να γείρω» (ή «να πέσω») λίγο   =...

....

γ.   «φυλάω σαν τα μάτια μου»   =...

....

4. Συμπληρώστε τα κενά με τη σωστή μετοχή.

κρεμασμένο, ακούγοντας, κλαίγοντας, γυρνώντας, ξαπλωμένος

1.   Συχνά τα μικρά παιδιά .... κερδίζουν αυτό που θέλουν.

2.   Μα πώς μπορείς να διαβάζεις .... στο κρεβάτι σου;

3.   Πού είναι .... το παλτό μου;

4.   Η κοπέλα κατατρόμαξε .... αυτά τα λόγια.

5.   .... στο σπίτι αγόρασα μία εφημερίδα κι ένα παγωτό.

Γράφουμε

1.   Απαντήστε στις εξής ερωτήσεις:
     — Σας άρεσε αυτό το παραμύθι και γιατί;
     — Τι έχετε να πείτε για τη συμπεριφορά της σκλάβας προς την κοπέλα; Συμφωνείτε με την πράξη της και γιατί;
     — Ποια είναι η σημασία των τριών δώρων στην ιστορία;
     — Πώς σας φαίνεται ότι στα παραμύθια οι πεθαμένοι έρχονται ξανά στη ζωή;
     — Ποια άλλα παραμύθια ξέρετε με πεθαμένους που ζωντανεύουν;

2. Το παραμύθι έχει τον τίτλο «Η πέτρα της υπομονής». Γράψτε ένα μικρό κείμενο για την υπομονή.

  — Τι πιστεύετε για την υπομονή; Είναι η υπομονή αρετή και γιατί;

  — Εσείς έχετε υπομονή; Γράψτε μερικά παραδείγματα.

Μιλάμε

Μιλάμε για την υπομονή.

  — Χωριστείτε σε μικρές ομάδες.

  — Σκεφτείτε ένα παράδειγμα όπου είχατε υπομονή και ένα παράδειγμα όπου δεν είχατε. Βρείτε έναν τίτλο για κάθε περίπτωση (π.χ. «Μια μέρα στον δρόμο με πολλή κίνηση», «Ο αδερφός μου κάνει φασαρία» κ.λπ.).

  — Πείτε στην ομάδα σας τι έγινε ακριβώς.

  — Σήμερα θα κάνατε πάλι το ίδιο;

  — Συμφωνείτε με τους συμφοιτητές σας; Θα κάνατε το ίδιο κι εσείς;

Chapter 22   Ο βασιλιάς Ύπνος

Αρχή του παραμυθιού. Καλησπέρα της αφεντιάς σας.

Ήτανε μια φορά κι έναν καιρό ένας βασιλέας και μια βασίλισσα, και είχανε έναν γιο πολύ ωραίο και τον λέγανε Ύπνο. Κείνος ο γιος τους δεν ήθελε να παντρευτεί. Πόσα του 'λεγε ο βασιλέας, η βασίλισσα: «Να παντρευτείς, να κάμεις παιδιά!» Κείνος του κάκου[1] δεν ήθελε να παντρευτεί.

Η βασίλισσα έβαλε υποψία[2] μήπως αγαπούσε καμιά ο γιος της και δε θέλει να της το πει. Έβαλε δυο τρεις φύλακες[3] για να φυλάνε, να ιδούν[4] πού πάει, τι κάνει, να της το πούνε.

Εκεί κοντά στη γειτονιά, παρακάτω, ήτανε ένα κορίτσι πολύ όμορφο αλλά φτωχό. Δεν είχε κανέναν, ολομόναχη.[5] Το βράδυ που νυχτέρευε,[6] ενύσταζε.[7] Και για να της φύγει ο ύπνος, έλεγε:

> «Ήρθες, ύπνε. Καλώς ήρθες![8]
> Πάρε το σκαμνί[9] και κάσε,[10]
> ως να νέσω,[11] να ξενέσω
> και τ' αδράχτι[12] να γεμίσω,[13]
> κι ύστερα να κοιμηθούμε
> και να σφιχταγκαλιαστούμε.»[14]

Αυτό το 'λεγε κάθε βράδυ που νύσταζε, για να της περάσει ο ύπνος της.

---

1   του κάκου *idiomatic*: unsuccessfully

2   υποψία, η: suspicion

3   φύλακες (φύλακας, ο): guards

4   να ιδούν (βλέπω) *dialect*: to see (*standard* να δει)

5   ολομόναχη (ολομόναχος, -η, -ο): completely alone

6   νυχτέρευε (νυχτερεύω) *colloquial*: stayed and worked all night

7   ενύσταζε (νυστάζω) *dialect*: was sleepy (*standard* νύσταζε. Verbs in past tenses in dialect or colloquial forms often receive an unusual augment -ε at the beginning).

8   καλώς ήρθες: welcome

9   σκαμνί, το: stool

10   κάσε (κάθομαι) *dialect*: sit (*standard* κάτσε)

11   να νέσω (γνέθω) *dialect*: to spin (*standard* να γνέσω)

12   αδράχτι, το: spindle

13   να γεμίσω (γεμίζω): to fill

14   να σφιχταγκαλιαστούμε (σφιχταγκαλιάζομαι): to tightly hug each other

Ένα βράδυ πέρασαν αποκεί τούτοι οι φύλακες που είχε βάλει η βασίλισσα και ακούσανε που είπε:

«Ήρθες, ύπνε. Καλώς ήρθες!
Πάρε το σκαμνί και κάσε,
ως να νέσω, να ξενέσω
και τ' αδράχτι να γεμίσω,
κι ύστερα να κοιμηθούμε
και να σφιχταγκαλιαστούμε.»

Πάνε και λεν της βασίλισσας: «Πολυχρονεμένη[15] μου βασίλισσα, εδώ παρακάτω κάθεται μία κόρη πολύ ωραία και πολύ τίμια.[16] Δεν είδαμε το βασιλόπουλο να μπει μες στο σπίτι της, μονάχα κάθε βράδυ ακούμε και λέει:

«Ήρθες, ύπνε. Καλώς ήρθες!
Πάρε το σκαμνί και κάσε,
ως να νέσω, να ξενέσω
και τ' αδράχτι να γεμίσω,
κι ύστερα να κοιμηθούμε
και να σφιχταγκαλιαστούμε.»

Λέει η βασίλισσα: «Τι ώρα τ' ακούτε αυτό; Να με πάρτε να τ' ακούσω κι εγώ.»

Το βράδυ, τη συνηθισμένη ώρα, πήραν τη βασίλισσα οι φύλακες και πήγαν απόξω απ' της φτωχούλας το παραθύρι. Πάει κοντά κειδά η βασίλισσα — κλειστό το παραθύρι. Αλλά άκουσε από μέσα:

«Ήρθες, ύπνε. Καλώς ήρθες!
Πάρε το σκαμνί και κάσε,
ως να νέσω, να ξενέσω
και τ' αδράχτι να γεμίσω,
κι ύστερα να κοιμηθούμε
και να σφιχταγκαλιαστούμε.»

Είπε η βασίλισσα: «Βέβαια, ο γιος μου θα είναι. Βέβαια, γιατί άλλον εδώ στο βασίλειο δεν έχουμε κανέναν Ύπνο.»

Τότε, την άλλη ημέρα είπε: «Μπα, να πηγαίνει ο γιος μου να κάθεται στο σκαμνί το ξυλένιο![17] Να της στείλω καναπέ, να της στείλω καρέκλες.»

Είπε, λοιπόν, και της έστειλαν καναπέ, καρέκλες, χρήματα, και της είπανε πως «Σε χαιρετάει[18] η βασίλισσα.»

Είπε: «Η βασίλισσα; Λάθος θα είναι. Σε μένανε, φτωχό κορίτσι; Λάθος θα είναι.»

---

15 πολυχρονεμένη (πολυχρονεμένος, -η, -ο): long life to your highness (an old address to authorities used to bless someone to live for many years)

16 τίμια (τίμιος, -α, -ο): honest, reputable

17 ξυλένιο (ξυλένιος, -α, -ο): wooden

18 χαιρετάει (χαιρετώ, χαιρετάω): greets

Ήτανε μια γραία[19] κειδά στην αυλή. Της είπε: «Κράτησ' τα, τώρα που σ' τα 'στειλε. Δεν κάνει[20] να της τα στείλεις πίσω.»

Είπε: «Ευχαριστώ,» και, σαν εφύγανε οι ανθρώποι της βασίλισσας, τότε της είπε η γραία:

«Άκουσε, παιδί μου. Ό,τι σου λέω 'γώ να κάνεις, γιατί δεν έχεις κανένανε μεγαλύτερο να σε συμβουλέψει.»[21]

Εκείνη η γραία ήτανε η μοίρα της κόρης.

Πέρασε κάμποσος καιρός,[22] της έστειλε πάλι η βασίλισσα δώρα.

Μια μέρα της λέει η γραία: «Αν έρθει η βασίλισσα αποδώ να σε ιδεί, να της πεις ότι είσαι γκαστρωμένη.»[23]

«Αμ πώς να πω τέτοιο πράμα; Εγώ, κορίτσι, να πω πως είμαι γκαστρωμένη;»

«Άκουσέ με μένα», της λέει η γραία, «που σου μιλώ. Δε θα μετανοήσεις.»[24]

Πάει η γραία σ' έναν μαραγκό[25] και παραγγέλνει ένα παιδάκι σερνικό[26] από ξύλο, με τα χεράκια του, με τα ποδαράκια του.

Πέρασε μια φορά η βασίλισσα και μπήκε μέσα στο κορίτσι.

Της λέει: «Τι κάνεις, παιδί μου; Καλά είσαι;»

«Τι να κάνω;» λέει εκείνη. «Έχω κάμποσους μήνες οπού δεν είμαι καλά.»

Τότε κατάλαβε πια η βασίλισσα και της έστελνε κάθε ημέρα του πουλιού το γάλα[27] να φάει.

Εκεί κοντά ήτανε μια άλλη γυναίκα φτωχούλα γκαστρωμένη. Ήρθε ο καιρός και γέννησε.[28] Τότες πάει η μοίρα και της είπε τουτηνής να πέσει στο κρεβάτι, πως είναι λεχώνα,[29] και στο πλευρό της της έβανε το ξύλινο παιδί και της το σκέπασε[30] μ' ένα χρυσό[31] μαντίλι.

Επήγανε οι μοίρες να μοιράνουνε[32] το παιδί της γειτόνισσας στις τρεις νύχτες. Ήθελε να πάει και η μοίρα τουτηνής για να μοιράνει. Επαρακάλεσε και μια μοίρα αγέλαστη,[33] που δε γέλαγε ποτέ της, να την πάρει μαζί της.

---

19 γραία, η (*archaic*): old woman (*standard* γριά, η)
20 δεν κάνει *idiomatic*: it is not appropriate
21 να συμβουλέψει (συμβουλεύω): to advise
22 πέρασε καιρός (περνάει καιρός): time passed
23 γκαστρωμένη *colloquial*: pregnant (*standard* έγκυος, η)
24 δε θα μετανοήσεις (μετανοώ): you will not regret (it)
25 μαραγκό (μαραγκός, ο): carpenter
26 σερνικό *colloquial*: male (*standard* αρσενικό)
27 του πουλιού το γάλα *idiomatic*: abundance of goods (*literally* the bird's milk)
28 γέννησε (γεννώ, γεννάω): gave birth
29 λεχώνα, η: a woman who has recently given birth
30 σκέπασε (σκεπάζω): covered
31 χρυσό (χρυσός, -ή, -ό): golden
32 να μοιράνουνε (μοιραίνω): to predict its fate
33 αγέλαστη (αγέλαστος, -η, -ο): unsmiling, never smiling

Της είπε: «Έλα να πάμε, να διασκεδάσεις[34] και συ.»

Είχε πολλά χρόνια να γελάσει, και για τούτο την ελέγανε αγέλαστη μοίρα.

Σηκωθήκανε και πήγανε πρώτα στην άλλη τη γυναίκα που γέννησε. Του είπανε του παιδιού της φτωχούλας να γινεί καλός άνθρωπος, να προκόψει. Η αγέλαστη μοίρα δεν του είπε τίποτα, μήτε καλό μήτε κακό.

Τότες, αφού βγήκανε απ' την πόρτα, «Πάμε,» λέει η γριά, «να μοιράνουμε εδώ που γέννησε άλλη μια φτωχούλα.»

Είχε 'πωμένα[35] της ψεύτικης[36] λεχώνας, ό,τι συμβεί, μήτε να γελάσει, μήτε τίποτα.

Εμπήκανε, λοιπόν, οι μοίρες μέσα, άκουσε η ψεύτικη λεχώνα τη βουή,[37] δεν είπε τίποτα, δεν εμίλησε.

Λέει η γραία της αγέλαστης μοίρας: «Εδώ θα μοιράνεις εσύ πρώτη,» και σήκωσε το μαντίλι.

Και είδε η αγέλαστη μοίρα το ξύλινο παιδί και ξεκαρδίστηκε απ' τα γέλια.[38]

«Ου! Μ' έκαμε και γέλασα, από τόσα χρόνια που είχα να γελάσω!»

«Επειδή είχες τόσα χρόνια να γελάσεις και γέλασες, πρέπει να του ευχηθείς[39] να γινεί άνθρωπος.»

Του είπε, λοιπόν, η αγέλαστη μοίρα: «Σε μοιραίνω να γίνεις άνθρωπος, με αίμα, με κρέας,[40] με μαλλιά, όπως είναι τα παιδιά τ' αληθινά.»

Λέει η δεύτερη μοίρα: «Κι εγώ σε μοιραίνω, σου δίνω μιλιά και γνώση[41] και μυαλό.»[42]

Λέει η τρίτη, η γραία: «Κι εγώ σε μοιραίνω, παιδί μου, να γίνεις βασιλιάς απαράλλακτος[43] ο Ύπνος ο βασιλέας, ως και μια ελιά[44] που 'χει στο μάγουλο,[45] να την κάνεις κι εκείνηνε και, άμα σε ιδεί το βασιλόπουλο, να μπεις μες στην καρδιά του, να σ' αγαπήσει.»

Σηκωθήκανε οι μοίρες και φύγανε. Τότες το παιδί ζωντάνεψε και άρχισε και έκλαιε, ήθελε γάλα.

Τότε είπε το κορίτσι: «Τι να κάμω; Ντρέπομαι», λέει, «τον κόσμο.»

Γυρίζει η μοίρα πίσω, η δική της, και το 'πηρε και το πήγε και το βυζάξανε,[46] και το πήγε πίσω της μάνας του.

---

34 να διασκεδάσεις (διασκεδάζω): to amuse yourself
35 είχε 'πωμένα (λέω): she had told
36 ψεύτικης (ψεύτικος, -η, -ο): fake
37 βουή, η: noise
38 ξεκαρδίστηκε απ' τα γέλια (ξεκαρδίζομαι από τα γέλια) *idiomatic*: she died laughing
39 να ευχηθείς (εύχομαι): to wish
40 κρέας, το: flesh
41 γνώση, η: sense
42 μυαλό, το: mind
43 απαράλλακτος (απαράλλακτος, -η, -ο): identical
44 ελιά, η: mole, beauty mark (*most common meaning* olive)
45 μάγουλο, το: cheek
46 βυζάξανε (βυζαίνω): breastfed

Την αυγή πήγε και το 'πηρε η μοίρα και το πάει ίσα στη βασίλισσα και της λέει: «Γέννησε η νύφη σου και έκαμε τούτο το παιδάκι. Ίδιος ο γιος σου είναι, ο Ύπνος. Να, ως και μια ελιά που 'χει στο μάγουλο, την έχει.»

Το 'πηρε η βασίλισσα στην αγκαλιά της και το πήγε μέσα στον γιο της.

Του λέει: «Παιδί μου, σωθήκανε[47] πια τα ψέματα. Καλορίζικο[48] πια, παιδί μου, να μας ζήσει![49] Να φέρομε και τη νύφη μου. Ε, τι να γίνει; Είναι φτωχή, μα ήτανε τίμια. Βασίλισσα θα γίνει.»

Κείνος είπε: «Τι λες, μάνα; Δεν καταλαβαίνω τίποτα.»

«Έλα, άσ' τα τώρα αυτά. Να στείλομε να τη φέρουμε τώρα εδώ, να μην κάθεται σ' εκείνο το μικρό σπιτάκι.»

Τότε της είπε κείνος: «Ας πάω να ιδώ τι τρέχει,[50] πού με είδε και πού την είδα.»

Τον έπηρε η μοίρα, του λέει: «Έλα πάμε, εγώ ξέρω το σπίτι.»

Στο δρόμο που πηγαίνανε, όλο τον εμοίραινε, όλο για να την αγαπήσει.

Επήγε μέσα το βασιλόπουλο. Καθότανε το κορίτσι, ένεθε. Καθώς τον είδε τον βασιλέα, επετάχτηκε ορθή.[51] Δεν ήξερε ποιος ήτανε.

Του λέει: «Ποιος είσαι και τι θέλεις που ήρθες εδώ;»

«Πώς; Δε με ξέρεις; Εσύ είπες πως έκαμες παιδί μ' εμένα, και δε με ξέρεις;»

Τότε εκείνη κάθισε και του είπε όλη την ιστορία, και του είπε πως το βράδυ που έπεφτε να κοιμηθεί έλεγε:

> «Ήρθες, ύπνε. Καλώς ήρθες!
> Πάρε το σκαμνί και κάσε,
> ως να νέσω, να ξενέσω
> και τ' αδράχτι να γεμίσω.»

Τώρα, βασιλέα μου, μπορείς να κάνεις ό,τι θέλεις. Αυτά που γινόντουσαν, εγώ δεν είχα είδηση.[52] Μου 'στελνε πράματα η βασίλισσα, εγώ δεν μπορούσα να τα στείλω πίσω.»

Τότες κείνος δε μιλούσε, έμεινε.

Τότες είπε η γραία: «Να σου πω, παιδί μου. Εγώ είμαι η μοίρα η δική σου και η δική της, και εγώ τα 'καμα όλα τούτα. Και έκαμα παιδί από ξύλο, και το μοίρανε η αγέλαστη μοίρα και έγινε άνθρωπος, γιατί είδα πως δεν είχες καιρό να παντρευτείς και θα καταστρεφότανε[53] το βασίλειό σου. Και τώρα εσώθηκε[54] το βασίλειό σου. Μόνε πάρ' τηνε, παιδί μου, είναι καλό κορίτσι, τίμιο, και θα ζήσετε καλά και ευτυχισμένοι.»

---

47 σωθήκανε (σώνομαι): ended, are spent
48 καλορίζικο (καλορίζικος, -η, -ο) *idiomatic*: fortunate
49 να μας ζήσει *idiomatic*: to live well
50 τι τρέχει *idiomatic*: what's going on
51 ορθή (ορθός, -ή, -ό): upright
52 δεν είχα είδηση *idiomatic*: had no idea (*literally* had no news)
53 θα καταστρεφότανε (καταστρέφομαι): would have been destroyed
54 εσώθηκε (σώζομαι): is saved

Πήρε ένα αμάξι για να μπει η μοίρα και κείνος και το κορίτσι, για να πάνε στο παλάτι. Καθώς στάθηκε η άμαξα,[55] εκατέβη το βασιλόπουλο και έδωσε το χέρι για να κατεβεί πρώτα η γραία και ύστερα το κορίτσι. Και η γραία είχε γίνει άφαντη.[56] Τότες εκατάλαβε κι αυτός πως ήτανε αληθινά η μοίρα, και έτσι πήρε το κορίτσι από το χέρι και πήγε απάνω στη μάνα του.

Όργανα,[57] τούμπανα,[58] χαρές μεγάλες, έγινε ο γάμος, και πήρανε και μια παραμάνα[59] και δώσανε το παιδί.

Και ζούσανε κείνοι καλά και ευτυχισμένοι κι εμείς καλύτερα.

Καταλαβαίνουμε το κείμενο:

Απαντήστε στις ερωτήσεις.

1. Πώς έλεγαν τον γιο της βασίλισσας; Τι ήθελαν οι γονείς του να κάνει;

2. Τι υποψιάστηκε η βασίλισσα για τον γιο της; Τι έκανε για να το μάθει;

3. Σε ποιον μιλούσε το κορίτσι όταν ήταν βράδυ και γιατί;

4. Τι έκαναν οι φύλακες της βασίλισσας;

5. Άκουσε και η βασίλισσα το κορίτσι;

6. Τι έστειλε η βασίλισσα στο κορίτσι;

7. Ποια ήταν η γριά γυναίκα και τι συμβούλεψε το κορίτσι;

8. Τι έφτιαξε ο μαραγκός;

9. Τι είπε η γριά στο κορίτσι να κάνει με το παιδί;

10. Τι είπαν οι μοίρες στο πρώτο παιδί;

11. Τι έκανε η αγέλαστη μοίρα όταν είδε το «παιδί» της ψεύτικης λεχώνας;

12. Τι ευχήθηκαν οι μοίρες στο «παιδί» της ψεύτικης λεχώνας;

13. Η γριά σε ποιον πήγε το παιδί του κοριτσιού;

14. Τι είπε η βασίλισσα και τι έκανε όταν είδε το μωρό;

15. Πού πήγε το βασιλόπουλο;

16. Τι είπε το κορίτσι στο βασιλόπουλο;

17. Τι είπε η γριά στο βασιλόπουλο;

18. Τι έγινε στο τέλος;

---

55 άμαξα, η: carriage
56 άφαντη (άφαντος, -η, -ο): disappeared, invisible
57 όργανα (όργανο, το): instruments
58 τούμπανα (τούμπανο, το): drums
59 παραμάνα, η: nanny

Ασκήσεις

1. Βρείτε τη σωστή σημασία των λέξεων. Μία λέξη από τη δεξιά στήλη περισσεύει.

1.	του κάκου	α.	παίρνω σύζυγο
2.	παιδί	β.	γυναίκα μετά τον τοκετό
3.	σώζομαι	γ.	μεγάλη γυναίκα
4.	λεχώνα	δ.	άνθρωπος σε μικρή ηλικία
5.	παντρεύομαι	ε.	γλιτώνω
		στ.	μάταια

2. Βρείτε τα αντίθετα.

αγαπώ   ≠.............................

ψεύτικος   ≠.............................

αγέλαστος   ≠.............................

χαρές   ≠.............................

λάθος   ≠.............................

3. Συμπληρώστε τις προτάσεις με το ρήμα στο σωστό χρόνο. Βρείτε ένα συνώνυμο ρήμα για κάθε περίπτωση.

σώζομαι

1. Πρέπει να κάνουμε ψώνια. Όλα τα φαγητά που είχαμε στο ψυγείο.................................!

2. Ευτυχώς ήρθε ο γιατρός πολύ γρήγορα και .... ο άρρωστος.

τρέχω

1. Το νερό στη βρύση .... πολύ αργά.

2. Γιάννη, τι έπαθες; Τι ....;

4. Γράψτε προτάσεις με τις παρακάτω εκφράσεις.

α.   «του πουλιού το γάλα»

....

β.   «να μας ζήσει»

....

γ.   «ξεκαρδίζομαι από τα γέλια»

....

δ.   «δεν έχω/παίρνω είδηση»

....

5. Διαβάστε ξανά το κείμενο και βρείτε τη σωστή χρονολογική σειρά των προτάσεων.

Η βασίλισσα έστειλε έπιπλα στο κορίτσι.   ....

Ένας μαραγκός έφτιαξε ένα ξύλινο παιδάκι.   ....

Ο γιος της βασίλισσας δεν ήθελε να παντρευτεί.   ....

Η βασίλισσα υποψιάστηκε πως ο γιος της έχει φιλενάδα.   ....

Οι φρουροί άκουσαν το κορίτσι να μιλά το βράδυ.   ....

Η γριά έδωσε το ξύλινο παιδί στο κορίτσι για να κάνει τη λεχώνα.   ....

Ένα κορίτσι δούλευε τη νύχτα και μιλούσε στον ύπνο.   ....

Μια γριά συμβούλεψε το κορίτσι να κρατήσει τα δώρα της βασίλισσας.   ....

Οι μοίρες πήγαν να μοιράνουν το παιδί της γειτόνισσας.   ....

Οι μοίρες μοίραναν με καλά λόγια το ξύλινο παιδί που έγινε άνθρωπος.   ....

Η αγέλαστη μοίρα ξεκαρδίστηκε από τα γέλια όταν είδε το ξύλινο μωρό.   ....

Η βασίλισσα είχε έναν πολύ ωραίο γιο.   ....1..........

Η βασίλισσα πήρε το παιδί και το έδειξε στον γιο της.   ....

Το βασιλόπουλο βρήκε την κοπέλα και την παντρεύτηκε.   ....

Γράφουμε

1. Θέμα «Οι Μοίρες»: Σύμφωνα με την ελληνική παράδοση τρεις γυναίκες, οι Μοίρες, έρχονται και μοιραίνουν το μωρό τρεις μέρες μετά τη γέννησή του.

   — Ποιες είναι οι Μοίρες; Βρείτε πληροφορίες γι' αυτές.

   — Από πότε υπάρχει αυτή η παράδοση και τι ξέρετε γι' αυτήν; Βρείτε άλλα παραδείγματα στη λογοτεχνία.

   — Ξέρετε αντίστοιχα παραδείγματα από τη δική σας παράδοση; Βρείτε πληροφορίες και γράψτε τις διαφορές από την ελληνική παράδοση.

2. Συγκρίνετε το παραμύθι αυτό με το παραμύθι «Το όνειρο» (αρ. 14) που μιλάει για την εκπλήρωση μιας προφητείας. Βρείτε τις ομοιότητες και τις διαφορές σχετικά με τον ρόλο της μοίρας στη ζωή του ανθρώπου. Τι συμπεράσματα βγάζετε για τη μοίρα του ανθρώπου; Γράψτε μια-δυο παραγράφους με τις απόψεις σας.

Μιλάμε

1. Πείτε το παραμύθι με λίγα λόγια. Τι σας άρεσε πιο πολύ σε αυτό το παραμύθι και γιατί;

2. Παίζουμε θέατρο: Οι Μοίρες μοιραίνουν ένα νεογέννητο μωρό.

   — Χωριστείτε σε ζευγάρια. Ένας είναι η αγέλαστη Μοίρα, άλλος είναι η καλή Μοίρα.

   — Μοιραίνετε ένα παιδί και λέτε ο καθένας από μια ευχή. Βρείτε πολλές και διαφορετικές ευχές.

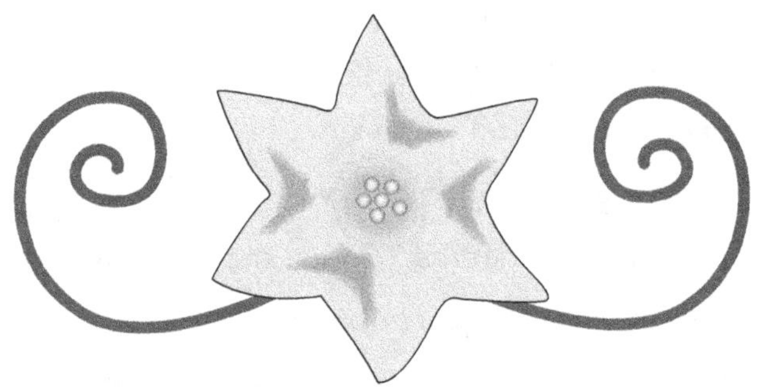

Ήταν ένας πάππους κι μια μπάμπου.[1] Μια μέρα, ικεί που πήγιναν στου χουράφ',[2] βρήκαν στου δρόμου μια πιντάρα.[3] Μια πιντάρα ικείνα τα χρόνια ήταν πουλύς παράς.[4] Πάηνις[5] στου παζάρ', ίπιρνις ό,τ' σι χρειάζουνταν[6] κι πιρίσιβαν[7] κι όλας.

«Οχοχόχ!» είπιν ου πάππους. «Θα πάμι στου παζάρ', μπάμπου, κι θα πάρουμι απ' όλα τα καλά!»

«Εμ, θα να 'χουμι κι μεις κάνα τυχηρό,»[8] είπιν η μπάμπου.

Ήρθι του Σαββάτου κι πήγαν στου παζάρ' ου πάππους μι τ' μπάμπου.

Στ' στράτα[9] που πήγιναν, απόστασιν[10] ου πάππους κι έκατσι να ξαπουστάσ'.[11] Πιρνούσαν ου κόσμους κι τ' ς καλημιρνούσαν.[12]

Λέει η μπάμπου: «Σιούκ',[13] σκουντέ[14] πάππου, μπιζέρ'σα[15] να μαζώνου καλημέρις.»

Πήγαν στου παζάρ' κι λέει ου πάππους: «Ξέρ'ς τι λέου, μπάμπου; Να πάρουμι λίγου κριάς.[16] Πόσουν κιρό έχουμι να φάμι κριάς...»

Κι τράβ'ξαν κατά του χασαπιό.

«Είνι καλό του κριάς;» ρώτ'σι του χασάπ'[17] ου πάππους.

«Καλό λέει; Σα λουκούμ',»[18] είπιν ου χασάπ'ς.

---

1 μπάμπου (μπάμπω, η) *colloquial*: old woman (*standard* γριά, η)
2 χουράφ' (χωράφι, το): field
3 πιντάρα, η (πεντάρα, η): penny
4 παράς, ο colloquial: money (standard χρήματα, τα)
5 πάηνις (πηγαίνω): you went
6 χρειάζουνταν (χρειάζομαι): was required, needed
7 πιρίσιβαν (περισσεύω): left to spare
8 τυχηρό (τυχερό, το): luck, fortunate event
9 στράτα, η *colloquial*: way (*standard* δρόμος, ο)
10 απόστασιν (αποσταίνω): got tired
11 να ξαπουστάσ' (ξαποσταίνω): to rest
12 καλημιρνούσαν (καλημερίζω): said good morning
13 σιουκ' (σηκώνομαι): get up! (imperative)
14 σκουντέ (σκουντός) *dialect*: poor fellow (*standard* καημένος)
15 μπιζέρ'σα (μπιζερίζω) *dialect*: got fed up (*standard* βαριέμαι, μπουχτίζω)
16 κριάς (κρέας, το): meat
17 χασάπ' (χασάπης, ο): butcher
18 λουκούμ' (λουκούμι, το): soft dessert (Turkish delight), «σαν λουκούμι» *idiomatic*: very soft and delicious

Τραβάει ου *πάππους τ' μπάμπου παραπέρα κι τ' λέει:* «Αντί να πάρουμι κριάς, μπάμπου, δεν παίρνουμι λουκούμ' καλύτιρα;»

«Καλά λες, πάππου,» είπιν η μπάμπου. «Λουκούμ' να πάρουμι.»

Κι πήγαν να πάρουν λουκούμ'.

Ρώτ'σαν: «Είνι καλά τα λουκούμια σ', ρε πιδί;»

«Καλά σα μαστίχα[19] είνι,» είπιν ου λουκουμάς.

«Δεν παίρνουμι μαστίχα, μπάμπου;» είπιν ου πάππους.

Κι τράβ'ξαν κατά του μαστιχά.

«Είνι καλή η μαστίχα σ';»

«Καλή σαν του μέλ',»[20] είπιν ου μαστιχάς.

Λέει η μπάμπου στουν πάππου: «Ξέρ'ς τι λέου, πάππου; Να μη πάρουμι μαστίχα, να πάρουμι μέλ'.»

«Καλά λες, μπάμπου,» είπιν ου πάππους. «Μέλ' να πάρουμι. Του μέλ' τρώγιτι κι δίχους δόντια.»[21]

«Είνι καλό του μέλ';» ρώτ'σιν η μπάμπου τουν άνθρουπου που του π'λούσι.[22]

«Καλό σα ζάχαρ',»[23] είπιν ου μιλάς.[24]

«Αλήθεια, μπάμπου, δεν παίρνουμι ζάχαρ';» είπιν ου πάππους.

Η μπάμπου δεν του χάλασι του χατίρ'[25] τουν πάππου, κι πήγαν ν' αγουράσουν ζάχαρ'.

Ρώτ'σιν ου πάππους του μπακάλ':[26] «Είνι καλή η ζάχαρ';»

«Καλή,» είπιν ου μπακάλ'ς. «Γλυκιά κι άσπρ' σαν του γάλα.»

«Δεν πααίνουμι να πάρουμι γάλα, να φκιάσουμι μια παπάρα[27] να φάμι;» είπιν η μπάμπου.

Κι τράβ'ξαν[28] κατά του γαλατά.

Τουν ρώτ'σαν: «Είνι καλό κι παχύ του γάλα σ';»

«Καλό κι παχύ σα βούτυρου,»[29] τ'ς λέει ου γαλατάς.

---

19 μαστίχα, η: mastic
20 μέλ' (μέλι, το): honey
21 δόντια (δόντι, το): teeth
22 π'λούσι (πουλώ): was selling
23 ζάχαρ' (ζάχαρη, η): sugar
24 μιλάς (μελάς, ο) *colloquial*: honey vendor or beekeeper
25 δεν του χάλασι του χατίρι (δε χαλάω χατίρι) *idiomatic*: she didn't say no to him, she didn't displease him
26 μπακάλ' (μπακάλης, ο): grocer
27 παπάρα, η: sop (solid food dipped in liquid)
28 τράβ'ξαν (τραβώ): headed to
29 βούτυρου (βούτυρο, το): butter

«Τότι καλύτιρα να πάρουμι βούτυρου,» είπαν κι οι δυο.

Μπρουστά ου πάππους, κουντά η μπάμπου, πήγαν κι βρήκαν του βλάχου[30] που π'λούσι βούτυρου.

«Έεις καλό βούτυρου;» τουν ρώτ'σαν.

«Δε γίνιτι καλύτιρου,» είπιν ου βλάχους. «Καθαρό κι κίτρινου σαν του λάδ'.»[31]

«Δεν παίρνουμι λάδ', μπάμπου;» είπιν ου πάππους.

Κι τράβ'ξαν κατά του λαδά.

«Είνι καλό του λάδ';»

«Καλό είνι,» τ'ς είπιν ου λαδάς. «Καθαρό κι ξάστιρου[32] σαν του κρασί.»[33]

Του 'θιλιν ου πάππους του κρασί. Κι η μπάμπου το'τσουζε[34] κι αυτή. Τηρήθ'καν[35] στα μάτια κι, χουρίς να πουν λόγουν, τράβ'ξαν ίσια στ'ν ταβέρνα.

Έκατσαν ξιπατουμέν'[36] απού 'ν απουσταμάρα[37] κι ρώτ'σαν τουν ταβιρνιάρ':

«Είνι καλό του κρασί σ';»

«Καλό σαν κρασί,» τ'ς είπιν. «Δουκίμασέτι[38] κι θα ιδείτι.»

Κι τ'ς έδουσι ένα πουτήρ' να του δουκιμάσουν. Του δουκίμασαν κι τ'ς άρισιν.

«Τι λες, πάππου;» είπιν η μπάμπου. «Δεν κάθουμέστι[39] να πιούμι 'κόμα λίγου;»

«Κι δεν κάθουμέστι;» είπιν ου πάππους.

Έκατσαν, ήπιαν, ξαναήπιαν, κι το 'φκιασαν του κιφάλ'.[40]

Λέει η μπάμπου: «Σιούκ', σκουντέ πάππου. Έτσ' που γίν'καμι, δεν είμαστι για τ' ιδώ.»

«Καλά, μωρ' μπάμπου, θα φύγουμι,» είπιν ου πάππους. «Μα ξέρ'ς τι λέου; Δεν πρέπ' να φύγουμι, προυμί[41] πιούμι απού 'κόμα ένα σ'ν υγεία[42] αυ'νού π'όχασι[43] 'ν πιντάρα.»

---

30 βλάχου (βλάχος, ο): Vlach (a Greek person of Aromanian origin, *common meaning* bumpkin)

31 λάδ' (λάδι, το): oil (usually olive oil)

32 ξάστιρου (ξάστερος, -η, -ο): clear, cloudless, «καθαρό και ξάστερο» *idiomatic*: clean and clear, unambiguous

33 κρασί, το: wine

34 το'τσουζε (το τσούζω) *idiomatic*: drink a lot

35 τηρήθ'καν (τηρούμαι) *colloquial*: looked at each other (*most common meaning* to observe the rules)

36 ξιπατουμέν' (ξεπατωμένος, -η, -ο): exhausted

37 απουσταμάρα *dialect*: fatigue, weariness (*standard* κούραση)

38 δουκίμασέτι (δοκιμάζω): try (imperative)

39 καθουμέστι (καθόμαστε): stay

40 το' φκιασαν του κιφάλ' (το έφτιαξαν το κεφάλι) *idiomatic*: got tipsy (*literally* they made head)

41 προυμί *dialect*: before (*standard* πριν)

42 πιούμι σ'ν υγεία (να πιούμε στην υγεία) *idiomatic*: to drink to someone's health

43 π'όχασι (που έχασε, χάνω): that lost

Καταλαβαίνουμε το κείμενο;

Απαντήστε στις ερωτήσεις.

1. Τι βρήκαν ο παππούς και η γιαγιά στο δρόμο τους για το χωράφι;

2. Πού αποφάσισαν να πάνε πρώτα;

3. Όταν έκατσαν να ξαποστάσουν στο δρόμο, τι τους έλεγε ο κόσμος;

4. Τι ήθελαν να αγοράσουν από το παζάρι; Ποια είναι η σωστή σειρά;

μαστίχα	κρέας	βούτυρο	λουκούμι	γάλα	κρασί	ζάχαρη	λάδι	μέλι
....	....1....	....	....	....	....	....	....	....

5. Τι έπαθαν στο τέλος;

Ασκήσεις

1. Βρείτε τη σωστή σημασία των λέξεων. Μία λέξη από τη δεξιά στήλη περισσεύει.

1. μπάμπω	α. εστιατόριο
2. παζάρι	β. κρεοπώλης
3. χασάπης	γ. γριά
4. στράτα	δ. υπαίθρια αγορά, εμποροπανήγυρη
5. ταβέρνα	ε. δρόμος
	στ. μπακάλης

2. Τι πουλάνε; Συμπληρώστε τις παρακάτω προτάσεις με τα σωστά προϊόντα.

Ο χασάπης πουλάει ....

Ο μελάς πουλάει ....

Ο μπακάλης πουλάει ....

Ο γαλατάς πουλάει ....

Ο λαδάς πουλάει ....

Ο ταβερνιάρης πουλάει ....

3. Εξηγήστε γραπτώς τις παρακάτω εκφράσεις και στη συνέχεια γράψτε
προτάσεις.

α.   «σαν λουκούμι!»   = ...

....

β.   «δε χαλάω χατίρι»   = ...

....

γ.   «το τσούζω»   = ...

....

δ.   «φτιάχνω κεφάλι»   = ...

....

ε.   «καθαρός και ξάστερος»   = ...

....

4. Με τι μοιάζουν; Συμπληρώστε τις προτάσεις με παρομοιώσεις.

1.   Το κρέας είναι μαλακό σαν ....

2.   Ο ανιψιός μου μοιάζει στον ....

3.   Το καθαρό νερό είναι σαν ....

4.   Το κόκκινο χρώμα της μπλούζας μου είναι σαν ....

5.   Ήπια πολύ κρασί. Το κεφάλι μου είναι σαν ....

5. Ξαναγράψτε τις προτάσεις στην κοινή νεοελληνική.

1.   Μια μέρα, ικεί που πήγιναν στου χουράφ', βρήκαν στου δρόμου μια πιντάρα.

....

....

2.   Πήγαν στου παζάρ' κι λέει ου πάππους: «Ξέρ'ς τι λέου, μπάμπου; Να πάρουμε λίγο κριάς.
      Πόσουν κιρό έχουμι να φάμι κριάς;»

....

....

3. Τουν ρώτ'σαν: «Είνι καλό κι παχύ του γάλα σ';» Καλό κι παχύ σα βούτυρου,» τ'ς λέει ου γαλατάς.

    ....

    ....

4. Λέει η μπάμπου: «Σιούκ, σκουντέ *πάππου*. Έτσ' που γίν'καμι, δεν είμαστι για τ'ιδώ».

    ....

    ....

5. Δεν πρέπ' να φύγουμι, προυμί πιούμι απού 'κόμα ένα σ'ν υγεία αυ'νού π'όχασι 'ν πιντάρα.

    ....

    ....

Γράφουμε

1. Βρίσκετε στον δρόμο χρήματα. Τα παίρνετε ή όχι; Αν τα παίρνετε, τι κάνετε με αυτά; Αγοράζετε κάτι για σας ή όχι; Γράψτε ένα μικρό κείμενο.

2. Εσείς με τι κάνετε κέφι; Πότε, με ποιους, και πώς περνάτε καλά; Γράψτε ένα μικρό κείμενο.

Μιλάμε

1. Μιλάμε στην τοπική διάλεκτο της Δυτικής Μακεδονίας.
    — Διαβάστε φωναχτά στην τάξη το παραμύθι με όλες τις διαλεκτικές μορφές.
    — Προσπαθείστε να μιλήσετε στη διάλεκτο αυτή. Φτιάξτε δύο προτάσεις στη διάλεκτο.

2. Παίζουμε θέατρο: Σκηνή σε μια ταβέρνα.
    — Σκεφτείτε πως είστε σε μια ταβέρνα και πίνετε με τους φίλους σας κρασί.
    — Χωριστείτε σε ομάδες: ένας είναι ο ταβερνιάρης, άλλος είναι ο σερβιτόρος, και οι υπόλοιποι είστε εσείς και η παρέα σας.
    — Παίξτε τουλάχιστον δύο διαλόγους ανάμεσα στα πρόσωπα.
    — Χρησιμοποιήστε εκφράσεις όπως «το τσούζω», «φτιάχνω κεφάλι».

Chapter 24 Ο Μεγαλέξαντρος, ο γιος του Ήλιου

Ήτουνα μία βασίλισσα και δεν έκανε παιδία κι είχε μαράζι[1] γι' αυτούνο, κι όλο έκλαιε, έκλαιε. Ούτε τον άντρα τση είχε ναν τη παρηγορήσει,[2] έλειπε όλο σε πολέμους. Αλλά ήτουνα και πολύ ωραία γυναίκα. Οπού εσυνήθαε[3] και ενιβότουνα[4] και εκαθότουνα στο προσηλιακό.[5]

Του άρεσε του Ήλιου, που την ήβλεπε.

«Μωρέ, δεν είναι καλά», λέει, «να κάμω ένα παιδί με δαύτη; Καημό το 'χω κι εγώ να κάμω ένα.»

Το λοιπό, εκατέβηκε μία φορά και τσ' είπε: «Εγώ σ' αγαπάω, κι α μ' αγαπάς και συ, δέξου να κάνουμε παιδί.»

Η βασίλισσα εθαμπώθηκε,[6] η κακομοίρα, που τον είδε κοντά τση.

«Μπορώ να πω το όχι σ' ένα τέτοιο βασιλιά;» του είπε. «Είμαι άξια[7] εγώ;»

Ο Ήλιος τσ' αποκρίθηκε: «Όμως με τη συμφωνία[8] πως δε θαν το 'χεις πάντα το παιδί εσύ. Θαν το πάρω να βασιλέψει[9] στο βασίλειό μου.»

«Και τι άλλο θέλω από να βασιλεύει στον ουρανό;» είπε η βασίλισσα.

Και στσι εννιά μήνες εγεννήθηκε ένα παιδί, ένα άστρο, όπου όσο το ήβλεπε κι εσκεφτότουνα πως θα 'ρθει η ώρα ναν τση το πάρει, δεν ημπόρειε ναν το υποφέρει. Εκλειούσε πόρτες, χαραμάδες,[10] μην πάει και τση τονε κλέψει ο Ήλιος κρυφά.

Όσο εμεγάλωνε το παιδί, τόσο εγενότουνα όμορφο και αντρείο, και το ελέγανε γι' αυτό Μεγαλέξαντρο.

Η καημένη η βασίλισσα ούλο υποφέριζε για δαύτονε και εσκεφτότουνα πώς να γελάσει τον Ήλιο να μην του δώσει τον υγιό του.

---

1 μαράζι, το: distress (caused by a long lasting unfulfilled desire)
2 ναν παρηγορήσει (παρηγορώ): to comfort, to console
3 εσυνήθαε (συνηθίζω): was accustomed
4 ενιβότουνα (νίβομαι) *archaic*: was washing herself (*standard* πλένομαι)
5 προσηλιακό, το: sun-drenched balcony
6 εθαμπώθηκε (θαμπώνομαι): was dazzled
7 άξια (άξιος, -α, -ο): worthy
8 συμφωνία, η: deal
9 να βασιλέψει (βασιλεύω): to reign, to rule
10 χαραμάδες (χαραμάδα, η): crevices, cracks

Οπού αρχίνησε να μπαλιγάρει[11] το παιδί κι ούλα ευτούνα[12] και ναν του λέει: «Παιδάκι μου, δεν είναι μεγάλος ο κόσμος ούλος ναν τονε κάμεις δικόνε σου; Παρί τι θα καταλάβεις να βασιλεύεις εκεί απάνου; Κανένας δε θα σε ξαναδεί από τσι δικούς σου.»

Οπού αποδώ, αποκεί, τον εκατάφερε.[13]

«Αμή ο πατέρας μου, που θα με θέλει; Τι θα γένει;» είπε το παιδί.

Λέει εκείνη: «Έγνοια σου,[14] κι εγώ έχω να κάμω. Δε θαν τονε αφήσω. Μοναχά να προσέχουμε στον ύπνο σου, αν τύχει και κοιμηθείς μέρα, γιατί ευτούνος τη νύχτα κοιμάται και δε φαίνεται. Εγώ θα στέκω από πάνω σου να σε φυλάω.»

Όπως κι όλας τον εφύλαε, τον εφύλαε...

Αλλά ο Μεγαλέξαντρος αρχίνησε κι εβαριότουνα[15] το βασίλειό του και μία μέρα λέει στη μάνα του: «Μητέρα,» λέει, «εβαρέθηκα. Θα πάρω να πάω και σ' άλλα βασίλεια, ναν τα κάμω δικά μου.»

Τι ναν του πει η μάνα του, η κακομοίρα;

«Καλά,» λέει, «παιδάκι μου. Να πας εδώ στη γης όπου θέλεις. Μοναχά σ' ορκίζω[16] στο γάλα που 'χεις φαωμένο από μένανε, αν τύχει και κοιμηθείς μέρα, να βάλεις άθρωπο να σε φυλάει, μην τύχει και τρυπώσει καμία ώρα ο Ήλιος και σε πάρει.»

«Έγνοια σου,» λέει, «μανούλα μου. Θα προσέχω σαν να 'σουνα εσύ.»

Όπως κιόλας ποτέ του δεν εκοιμότουνα απόγιομα. Είχε ένα στρατιώτη μπιστεμένο[17] του και, μόνε[18] έκανε πως λαγιάζει,[19] τον εξύπνα.

Αμή μία μέρα (Τι είναι η τύχη![20] Όσα θέλεις κάνε!), εκεί που επερίμενε το φαητό του στο βασιλικό τραπέζι, τον επήρε ο ύπνος, γιατί ήτουνα κακονυχτισμένος.[21]

Ο Ήλιος ευτούνη τη στιγμή εφύλαε. Δεν ήθελε τίποτσι άλλο: έστειλε μία αχτίνα[22] του και τον επήρε.

Από τότενες ο Μεγαλέξαντρος ζει εκεί πάνου με τον πατέρα του και βασιλεύει.

---

11   να μπαλιγάρει (μπαλιγάρω) *dialect*: to cajole (*standard* καλοπιάνω, κολακεύω)
12   ευτούνα *dialect*: these (*standard* αυτά)
13   τον εκατάφερε (τον καταφέρνω) *idiomatic*: she convinced him
14   έγνοια σου *idiomatic*: don't worry (*literally* your worry)
15   εβαριότουνα (βαριέμαι): was bored
16   ορκίζω: adjure, admonish
17   μπιστεμένο (μπιστεμένος, -η, -ο) *colloquial*: trusted
18   μόνε *dialect*: when (*standard* όταν)
19   λαγιάζει (λαγιάζω) *dialect*: sleeps (*standard* με παίρνει ο ύπνος)
20   τύχη, η: fortune
21   κακονυχτισμένος (κακονυχτισμένος, -η, -ο): sleep-deprived
22   αχτίνα, η: ray

Καταλαβαίνουμε το κείμενο:

Βρείτε τη σωστή απάντηση.

1. Η βασίλισσα όλο έκλαιγε γιατί
   α. δεν είχε τον άντρα της
   β. δεν είχε μαράζι
   γ. δεν είχε παιδιά

2. Ο Ήλιος ήθελε
   α. να βγει στο προσηλιακό
   β. να κάνει ένα παιδί με τη βασίλισσα
   γ. να γίνει βασιλιάς

3. Η βασίλισσα
   α. είπε όχι στον Ήλιο
   β. δεν ήθελε να δει τον Ήλιο
   γ. έκανε παιδί με τον Ήλιο

4. Η συμφωνία έλεγε ότι
   α. το παιδί θα λέγεται Μεγαλέξαντρος
   β. το παιδί θα πάει στον Ήλιο
   γ. το παιδί θα βασιλέψει στη γη

5. Η μητέρα λέει στο παιδί της
   α. να μην πάει μακριά
   β. να μην κοιμηθεί τη μέρα
   γ. να μην κοιμηθεί μαζί με τον φίλο του

6. Μια μέρα το παιδί
   α. ήταν κακονυχτισμένο και κοιμήθηκε
   β. κοιμήθηκε τη νύχτα
   γ. έφαγε στο βασιλικό τραπέζι

7. Ο Μεγαλέξαντρος από τότε
   α. ζει με τη μητέρα του και τον πατέρα του
   β. ζει μόνος του
   γ. ζει και βασιλεύει στον ουρανό

Ασκήσεις

1. Βρείτε τη σωστή σημασία των λέξεων. Μία λέξη από τη δεξιά στήλη περισσεύει.

1.	μαράζι	α.	εκεί όπου κάποιος βασιλεύει
2.	ύχη	β.	μικρό άνοιγμα
3.	βασίλειο	γ.	καημός
4.	χαραμάδα	δ.	αυτός που δεν κοιμήθηκε καλά τη νύχτα
5.	κακονυχτισμένος	ε.	μοίρα
		στ.	ατυχία

2. Βρείτε τα αντίθετα.

άξιος   ≠..........................

αντρείος   ≠..........................

ήλιος   ≠..........................

νύχτα   ≠..........................

γη   ≠..........................

3. Εξηγήστε γραπτώς τις παρακάτω εκφράσεις και στη συνέχεια γράψτε προτάσεις.

α.   «έγνοια σου!»   = ...

....

β.   «το'χω μαράζι»   = ...

....

γ.   «θαμπώνομαι από κάτι»   = ...

....

4. Γράψτε τις προτάσεις στην κοινή νεοελληνική.

Οπού αρχίνησε να μπαλιγάρει το παιδί κι ούλα ευτούνα και ναν του λέει: «Παιδάκι μου, δεν είναι μεγάλος ο κόσμος ούλος ναν τονε κάμεις δικόνε σου; Παρί τι θα καταλάβεις να βασιλεύεις εκεί απάνου; Κανένας δε θα σε ξαναδεί από τσι δικούς σου.»

....

....

....

....

....

....

Γράφουμε

1. Τι ξέρετε για τον Μέγα Αλέξανδρο;

    — Βρείτε κι άλλες ιστορίες για τον Μέγα Αλέξανδρο. Μία από αυτές είναι η γνωστή παράδοση για τον Μέγα Αλέξανδρο και τη γοργόνα.

    — Ποιες είναι οι ομοιότητες και οι διαφορές της ιστορίας που βρήκατε με το παραμύθι αυτό;

    — Γράψτε ένα μικρό κείμενο σχετικό με την έρευνά σας.

2. Σας άρεσε το παραμύθι; Ναι, όχι και γιατί; Γράψτε δύο παραγράφους.

Μιλάμε

Παίζουμε θέατρο: Μιλάμε με έναν περαστικό.

    — Σκεφτείτε πως κάθεστε στο μπαλκόνι σας και απολαμβάνετε τον ήλιο. Κάποιος περνάει από κάτω και σας λέει κάτι.

    — Χωριστείτε σε ζευγάρια. Ο ένας κάθεται στο μπαλκόνι και ο άλλος είναι ο περαστικός.

    — Κάνετε διάλογο μεταξύ σας. Χρησιμοποιήστε εκφράσεις όπως: «Θα ήθελες να..., δυστυχώς δεν μπορώ να..., ευχαρίστως να...».

Chapter 25 Ο φτωχός κι ο πλούσιος

Ήταν ένας φτωχός με πολλά παιδιά κι ηδουλεύγαν όλοι με τη γυναίκα ντου όλη μέρα. Πάσα βράδυ που 'τανε κουρασμένοι ήθελα να φάνε το ψωμάκι τωνε ήσυχα κι ανεπαμένα,[1] απέκειο[2] να πιάσ' ο πατέρας να παίζει το λυράκι του, να χορεύγουνε τα παιδιά ντου και να περνούνε μια ζωή αγγελική.

Δίπλα ηκάθουνταν ένας πλούσιος και, σαν ήκουενε κάθε βράδυ τα γέλια και τσι χαρές του φτωχού, ηπαραξενεύγουντανε:[3] «Πώς εγώ, μαθές, να μην είμαι τόσο φκαριστημένος κι ανεπαμένος σαν ευτός, όλη μέρ' αξίνη[4] και το βράδυ ζέφκι;»[5] Λέει: «Να τωνε δώκω θέλω γρόσα,[6] να δω ίντα[7] θα τα κάμουνε.»

Πάει βρίσκει το φτωχό.

Λέει: «Επειδή σε ξέρω τίμιο άθρωπο, να σου δίνω χίλια γρόσα ν' ανοίξεις πραμάτεια,[8] ό,τι θες. Κι αν καζαντίσεις,[9] μου τα δίνεις, ειδεμής, σου τα χαρίζω.»

Όλη μέρα πια, σαν τα 'πηρεν ο φτωχός, ησυλλοούνταν[10] ίντα να κάμει τόσα γρόσα. Το 'φερνεν αποδώ, το 'φερνεν αποκεί: «Ν' ανοίξω πραματευτάδικο;[11] Να τα βάλω στον τόκο;[12] Να πάρω αμπελοχώραφα;»[13]

Έρχεται το βράδυ, μηδέ λυράκι πια να πιάσει. Μιλιά, τσιχ, να κάνανε τα παιδιά ντου, να γελάσουνε, τα μάλωνενε.[14] Όλη νύχτα δεν ηβούλωσενε μάτι[15] στη συλλοή.[16]

---

1 ανεπαμένα *dialect*: relaxed (*standard* αναπαυμένος, -η, -ο)

2 απέκειο *dialect*: afterwards (*standard* μετά)

3 ηπαραξενεύγουντανε (παραξενεύομαι): was taken aback

4 αξίνη (αξίνα, η): spade

5 ζέφκι *dialect*: feast (*standard* γλέντι, το)

6 γρόσα (γρόσι, το): Turkish penny

7 ίντα *dialect*: what (*standard* τι, γιατί)

8 πραμάτεια, η: merchandise

9 καζαντίσεις (καζαντίζω) *dialect*: succeed, win (*standard* κερδίζω)

10 ησυλλοούνταν (συλλογίζομαι): was reflecting, was pondering

11 πραματευτάδικο, το: peddler's store

12 τόκο (τόκος, ο): interest (profit on an investment)

13 αμπελοχώραφα, τα: vineyards

14 μάλωνενε (μαλώνω): scolded

15 ηβούλωσενε μάτι (βουλώνω μάτι) *idiomatic*: he did not sleep

16 συλλοή (συλλογή, η): thought, reflection

Την άλλη μέρα μηδέ σε μεροκάματο να πάει μηδέ πούβετις,[17] έξωμου[18] στη συλλοή. Τον αρώταν η υναίκα ντου ίντά 'χειν, να τονε κάμει να γελάσει, ευτός την εμάλωνενε, να τον αφήκει ήσυχο.

Αφικράται[19] ο πλούσιος, περνά μιαν αγραδινιά,[20] περνά άλλη, περνούνε τρεις, μηδέ λυράκι πια ήκουενε μηδέ έλια[21] μηδέ χορό των παιδιώ.

Μιαν ταχυτερνή[22] βλέπει το φτωχό κι έρχεται: «Να, χριστιανέ, τα γρόσα σου, και μηδ' αυτά θέλω μηδέ τη σκοτούρα[23] ντωνε!»

Αποστότε πάλι πάει χαρούμενος στο σπίτι ντου ο φτωχός. Ήπαιζενε το λυράκι, ηχορεύγανε τα παιδιά ντου σαν και πρώτα, και ταχυτέρου[24] στη δουλειά ντου.

Καταλαβαίνουμε το κείμενο:

Σωστό ή Λάθος;

	Σωστό	Λάθος
1. Ο φτωχός έπαιζε τη λύρα του κάθε βράδυ.	....	....
2. Η οικογένειά του ζούσε ήσυχη κι αγγελική ζωή.	....	....
3. Ο πλούσιος ήταν χαρούμενος.	....	....
4. Ο πλούσιος έδωσε πολλά λεφτά στον φτωχό.	....	....
5. Ο φτωχός άνοιξε πραματευτάδικο.	....	....
6. Ο φτωχός αγόρασε αμπελοχώραφα.	....	....
7. Ο φτωχός, αφού πήρε τα λεφτά, μάλωνε τα παιδιά και τη γυναίκα του.	....	....
8. Ο πλούσιος άκουγε πάντα μουσική και γέλια.	....	....
9. Ο φτωχός έδωσε πίσω τα λεφτά στον πλούσιο.	....	....
10. Στο τέλος, ο φτωχός και η οικογένειά του ήταν πάλι χαρούμενοι.	....	....

---

17 πούβετις *dialect*: nowhere (*standard* πουθενά)
18 έξωμου *dialect*: but only (*standard* παρά μόνο)
19 αφικράται (αφικρούμαι) *dialect*: listens (*standard* ακούω)
20 αγραδινιά *dialect*: evening (*standard* βραδιά)
21 έλια (γέλια): laughter
22 ταχυτερνή *dialect*: morning (*standard* πρωί)
23 σκοτούρα, η: trouble
24 ταχυτέρου *dialect*: next morning (*standard* το επόμενο πρωί)

Ασκήσεις

1. Βρείτε τη σωστή σημασία των λέξεων. Μία λέξη από τη δεξιά στήλη περισσεύει.

1. μεροκάματο		α. δίνω ως δώρο
2. γλέντι		β. εκεί που ο πραματευτής πουλάει τα πράματά του
3. πραματευτάδικο		γ. έγνοια
4. χαρίζω		δ. φαγοπότι με χορό και τραγούδι
5. σκοτούρα		ε. δουλειά, μισθός για μια ημέρα
		στ. χαρά

2. Βρείτε τα αντίθετα.

τίμιος ≠..........................
αγγελικός ≠..........................
αύριο ≠..........................
βράδυ ≠..........................
κουρασμένος ≠..........................

3. «Κλείνω μάτι»: Τι σημαίνει η έκφραση σε κάθε πρόταση;

1. Είμαι πολύ κουρασμένη. Χθες όλη τη νύχτα δεν μπόρεσα να κλείσω μάτι!
2. Μην κλείνεις τα μάτια σου μπροστά σε αυτό το πρόβλημα!
3. Ο όμορφος άντρας απέναντι συνέχεια μου κλείνει το μάτι και δεν ξέρω τι να κάνω!
   α. κάνω πως δε βλέπω
   β. κοιμάμαι
   γ. κάνω νόημα

4. Ξαναγράψτε τις προτάσεις στην κοινή νεοελληνική.

Την άλλη μέρα μηδέ σε μεροκάματο να πάει μηδέ πούβετις, έξωμου στη συλλοή. Τον αρώταν η υναίκα ντου ιντά'χειν να τονε κάμει να γελάσει, ευτός την εμάλωνε, να τον αφήκει ήσυχο. Αφικράται ο πλούσιος, περνά μιαν αγραδινιά, περνά άλλη, περνούνε τρεις, μηδέ λυράκι πια ήκουενε μηδέ έλια μηδέ χορό των παιδιώ.

....

....

....

....

....

....

Γράφουμε

Γράψτε ένα μικρό κείμενο για την ευτυχία στη ζωή. Μπορείτε να απαντήσετε στα εξής:

— Τι σημαίνει ευτυχία για σας; Υπάρχει ευτυχία;

— Εσείς με τι είστε ευτυχισμένοι στη ζωή σας;

— Πιστεύετε ότι τα χρήματα φέρνουν την ευτυχία;

Μιλάμε

1. Παίζουμε θέατρο: Ο φτωχός και ο πλούσιος μιλούν για την ευτυχία της ζωής.

   — Χωριστείτε σε ζευγάρια: ο ένας είναι ο φτωχός και ο άλλος ο πλούσιος.

   — Πείτε πώς περνάει ο καθένας στη ζωή του.

   — Βρείτε άλλο τέλος στην ιστορία.

2. Κάνετε έρευνα για την ελληνική γλώσσα και τις διαλέκτους της.

   — Βρείτε πληροφορίες για τις διαφορετικές διαλέκτους της Ελλάδας και τα χαρακτηριστικά τους.

   — Τι ξέρετε για τις διαλέκτους της δικής σας γλώσσας;

   — Ξέρετε λογοτεχνικά κείμενα (στα ελληνικά ή στη δική σας γλώσσα) που είναι γραμμένα σε διάλεκτο;

   — Παρουσιάστε στην τάξη τα αποτελέσματα της έρευνάς σας.

Notes

The twenty five stories in this reader cover various types of folktales (according to *The Types of International Folktales: A Classification and Bibliography. Based on the System of Antti Aarne and Stith Thompson*, by Hans-Jörg Uther. Helsinki: Suomalainen Tiedeakatemia, Academia Scientiarum Fennica, 2004). The learner can find *tales with animals* which like humans mediate a didactic message; *tales of magic* in which the real and the imaginary world coexist; *religious tales* about God, Jesus Christ, various saints or spiritual topics; *realistic tales*, namely stories in which the real world and everyday people constitute the folktale's setting; *anecdotes and jokes* with entertaining and occasionally also moral purpose; and finally *cumulative tales*, namely chain tales in which a motif is endlessly repeated. The notes identify the type of each folktale and give information about a story's regional provenance. Finally, notes provide the textual source (manuscript or printed book) from which a folktale has been selected.

1. Ο κόκορας, η αλεπού κι ο σκύλος

Παραμύθι ζώων από την Κεφαλονιά. Στο: Δημήτριος Λουκάτος, *Νεοελληνικά Λαογραφικά Κείμενα*. Βασική Βιβλιοθήκη Αετού, Αριθ. 48. Αθήνα, Ι. Ν. Ζαχαρόπουλος, 1957, σελ. 9.

2. Οι ποντικοί και το κουδούνι της γάτας

Παραμύθι ζώων από την Κεφαλονιά. Στο: Δημήτριος Λουκάτος, *Νεοελληνικά Λαογραφικά Κείμενα*. Βασική Βιβλιοθήκη Αετού, Αριθ. 48. Αθήνα, Ι. Ν. Ζαχαρόπουλος, 1957, σελ. 25–26.

3. Η πέρδικα κι η κουκουβάγια

Παραμύθι ζώων από τη Λάστα Γορτυνίας, Αρκαδία. Στο: *Λαογραφία* Ε, 1915, σελ. 620.

4. Από του λύκου το στόμα

Παραμύθι ζώων από την Ερμιόνη Αργολίδας. Στο: Δημήτριος Λουκάτος, *Νεοελληνικά Λαογραφικά Κείμενα*. Βασική Βιβλιοθήκη Αετού, Αριθ. 48. Αθήνα, Ι. Ν. Ζαχαρόπουλος, 1957, σελ. 34–35.

5. Η γριά κι ο Άγιος Πολύκαρπος

Μαγικό παραμύθι από το χωριό Τζετώ στην Ανατολική Θράκη (σημερινή Τουρκία). Στο: Ελπινίκη Σταμούλη-Σαραντή, Παραμύθια της Θράκης, *Θρακικά*. Σύγγραμα περιοδικόν εκδιδομένον υπό του εν Αθήναις Θρακικού Κέντρου, τόμος δέκατος έβδομος, 1942, σελ. 172–173.

6. Ο καλόγερος κι ο Νικολάκης

Θρησκευτικό παραμύθι από τη Μύκονο. Στο: Λουδοβίκος Ρουσέλ, *Παραμύθια της Μυκόνου*, επιμέλεια Παναγιώτης Κουσαθανάς, 2007, σελ. 437–440.

7. Βρεμένα είναι ή ξερά;

Ευτράπελο παραμύθι από το Καστελλόριζο. Στο: *Λαογραφία* Δ, 1912–13, σελ. 300–301.

8. Ο Θοδωρής και το κουδούνι του

Κλιμακωτό παραμύθι από τα Δωδεκάνησα. Στο: Δημήτριος Λουκάτος, *Νεοελληνικά Λαογραφικά Κείμενα*. Βασική Βιβλιοθήκη Αετού, Αριθ. 48. Αθήνα, Ι. Ν. Ζαχαρόπουλος, 1957, σελ. 214–216.

9. Η αλεπού και τ' άγουρα σταφύλια

Παραμύθι ζώων από την Κεφαλονιά. Στο: Δημήτριος Λουκάτος, *Νεοελληνικά Λαογραφικά Κείμενα*. Βασική Βιβλιοθήκη Αετού, Αριθ. 48. Αθήνα, Ι. Ν. Ζαχαρόπουλος, 1957, σελ. 19.

10. Το φίδι, ο άνθρωπος κι η αλεπού

Παραμύθι ζώων από τη Σκύρο. Στο: Δημήτριος Λουκάτος, *Νεοελληνικά Λαογραφικά Κείμενα*. Βασική Βιβλιοθήκη Αετού, Αριθ. 48. Αθήνα, Ι. Ν. Ζαχαρόπουλος, 1957, σελ. 14–16.

11. Ο χαρτοπαίχτης που φιλοξένησε τον Χριστό

Θρησκευτικό και μαγικό παραμύθι από τη Ζάκυνθο με τίτλο «Ο άνθρωπος, που με την εξυπνάδα του έπεισε τον Χριστό». Στο: Μαριέτα Μινώτου, Παραμύθια από τη Ζάκυνθο, *Λαογραφία* ΙΑ, 1934–37, σελ. 506–507. (Ο τίτλος «Ο χαρτοπαίχτης που φιλοξένησε τον Χριστό» προέρχεται από την επανέκδοση του παραμυθιού στο: Δημήτριος Λουκάτος, Νεοελληνικά Λαογραφικά Κείμενα. Βασική Βιβλιοθήκη Αετού, Αριθ. 48. Αθήνα, Ι. Ν. Ζαχαρόπουλος, 1957, σελ. 246–247.)

12. Οι τρεις καλές συμβουλές

Ρεαλιστικό παραμύθι από το χωριό Αμάραντος Κόνιτσας. Στο: *Λαογραφικό Φροντιστήριο Γεωργίου Μέγα*, Αρχείο της Ελληνικής Λαογραφικής Εταιρείας, Αθήνα, χειρόγραφο 1182, σελ. 1–4, συλλογή φοιτήτριας Φεβρωνίας Παναγιωτίδου, 1959. (Εκδόθηκε στο: Ελληνικά Παραμύθια, Εκλογή Γεωργίου Μέγα, Σειρά Δευτέρα, Αθήνα, Εστία, 1971, σελ. 191–195).

13. Όλοι μαζί κολλημένοι

Μαγικό παραμύθι που συλλέχτηκε στην Κόρινθο, αλλά η αφηγήτρια κατάγεται από τα Δαρδανέλια. Στο: *Λαογραφικό Φροντιστήριο Γεωργίου Μέγα*, Αρχείο της Ελληνικής Λαογραφικής Εταιρείας, Αθήνα, χειρόγραφο 282, σελ. 9–11.

14. Το όνειρο

Μαγικό παραμύθι από τη Στεφάνη Θηβών. Στο: *Λαογραφικό Φροντιστήριο Γεωργίου Μέγα*, Αρχείο της Ελληνικής Λαογραφικής Εταιρείας, Αθήνα, χειρόγραφο 1462.

15. Το κουκάκι

Μαγικό παραμύθι που συλλέχτηκε στη Θεσσαλονίκη, αλλά η αφηγήτρια κατάγεται από τη Λακωνία. Στο: *Λαογραφικό Φροντιστήριο Γεωργίου Μέγα*, Αρχείο της Ελληνικής Λαογραφικής Εταιρείας, Αθήνα, χειρόγραφο 143.

16. Οι Δώδεκα Μήνες

Μαγικό παραμύθι από την Κεφαλονιά. Στο: Δημήτριος Λουκάτος, *Νεοελληνικά Λαογραφικά Κείμενα*. Βασική Βιβλιοθήκη Αετού, Αριθ. 48. Αθήνα, Ι. Ν. Ζαχαρόπουλος, 1957, σελ. 100–101.

17. Η Σταχτοπούτα

Μαγικό παραμύθι από τα Κύθηρα. Στο: Δημήτριος Λουκάτος, *Νεοελληνικά Λαογραφικά Κείμενα*. Βασική Βιβλιοθήκη Αετού, Αριθ. 48. Αθήνα, Ι. Ν. Ζαχαρόπουλος, 1957, σελ. 102–103.

18. Οι τρεις κόρες

Μαγικό παραμύθι από τα Τρόπαια Γορτυνίας, Αρκαδία. Στο: *Λαογραφικό Φροντιστήριο Γεωργίου Μέγα*, Αρχείο της Ελληνικής Λαογραφικής Εταιρείας, Αθήνα, χειρόγραφο 1872.

19. Ο Χριστός και το παιδί

Θρησκευτικό παραμύθι από την Καππαδοκία. Στο: Δημήτριος Λουκάτος, *Νεοελληνικά Λαογραφικά Κείμενα*. Βασική Βιβλιοθήκη Αετού, Αριθ. 48. Αθήνα, Ι. Ν. Ζαχαρόπουλος, 1957, σελ. 222–224.

20. Οι εντολές του Θεού

Θρησκευτικό παραμύθι από τον Πόντο. Στο: Δημήτριος Λουκάτος, *Νεοελληνικά Λαογραφικά Κείμενα*. Βασική Βιβλιοθήκη Αετού, Αριθ. 48. Αθήνα, Ι. Ν. Ζαχαρόπουλος, 1957, σελ. 225–227.

21. Η πέτρα της υπομονής

Μαγικό παραμύθι από τη Λευκάδα. Στο: *Λαογραφικό Φροντιστήριο Γεωργίου Μέγα*, Αρχείο της Ελληνικής Λαογραφικής Εταιρείας, Αθήνα, χειρόγραφο 1247, σελ. 5–8.

22. Ο βασιλιάς Ύπνος

Μαγικό παραμύθι από την Αθήνα. Στο: Χρυσούλα Χατζητάκη-Καψωμένου, *Το νεοελληνικό λαϊκό παραμύθι*. Θεσσαλονίκη, Ινστιτούτο Νεοελληνικών Σπουδών, 2002, σελ. 403–407.

23. Η πεντάρα

Κλιμακωτό παραμύθι από την επαρχία Βοΐου, Δυτική Μακεδονία, γραμμένο στο τοπικό ιδίωμα. Στο: Χρυσούλα Χατζητάκη-Καψωμένου, *Το νεοελληνικό λαϊκό παραμύθι*, Θεσσαλονίκη, Ινστιτούτο Νεοελληνικών Σπουδών, 2002, σελ. 506–508.

24. Ο Μεγαλέξαντρος, ο γιος του Ήλιου

Μαγικό παραμύθι από τη Ζάκυνθο, γραμμένο στο τοπικό ιδίωμα. Στο: Χρυσούλα Χατζητάκη-Καψωμένου, *Το νεοελληνικό λαϊκό παραμύθι*, Θεσσαλονίκη, Ινστιτούτο Νεοελληνικών Σπουδών, 2002, σελ. 464–465.

25. Ο φτωχός κι ο πλούσιος

Θρησκευτικό παραμύθι από τη Νάξο, γραμμένο στο τοπικό ιδίωμα. Στο: Χρυσούλα Χατζητάκη-Καψωμένου, *Το νεοελληνικό λαϊκό παραμύθι*, Θεσσαλονίκη, Ινστιτούτο Νεοελληνικών Σπουδών, 2002, σελ. 475.

Idiomatic Expressions and Colloquial Phrases

The idiomatic expressions and colloquial phrases are translated only once in the order that they appear in the folktales.

1. Ο κόκορας, η αλεπού κι ο σκύλος

κάνω παρέα   to hang out

2. Οι ποντικοί και το κουδούνι της γάτας

κάνω συμβούλιο   to convene
για (τα) καλά   for good

3. Η πέρδικα κι η κουκουβάγια

μαθαίνω γράμματα   to study

4. Από του λύκου το στόμα

πάω να (πήγα να)   almost (see also 12: κοντεύω να)
ξεφεύγω από του λύκου το στόμα   to escape grave danger

5. Η γριά κι ο Άγιος Πολύκαρπος

λέω μέσα μου   to speak to myself (see also 12: από μέσα μου)
από τα πολλά   after many times
τα χρόνια με βαραίνουν   the years weigh heavily on me

6. Ο καλόγερος κι ο Νικολάκης

έχω τάμα   to make a vow
ορίστε   Here you go!
το λοιπόν   so, then, thus

7. Βρεμένα είναι ή ξερά;

βάζω στο στόμα μου   to eat

κάνω στα ψέματα   to pretend, to feign (see also 10: κάνω πως)

κάνω τον κόπο   to bother

8. Ο Θοδωρής και το κουδούνι του

μια φορά κι έναν καιρό   once upon a time

από 'δω κι από 'κεί   everywhere (see also 10: εδώ την έχω, εκεί την έχω, 24: αποδώ, αποκεί, 25: το φέρνω αποδώ, το φέρνω αποκεί)

9. Η αλεπού και τ' άγουρα σταφύλια

Όσα δε φτάνει η αλεπού τα κάνει κρεμαστάρια   Sour grapes

10. Το φίδι, ο άνθρωπος κι η αλεπού

πιάνω φωτιά   to catch fire

εδώ την έχω, εκεί την έχω   everywhere, to try something in different ways (see also 8: από 'δω κι από 'κεί, 24: αποδώ, αποκεί, 25: το φέρνω αποδώ, το φέρνω αποκεί)

πληρώνω το καλό με το κακό   to reciprocate good with evil

πάνω στην ώρα   right on time

όσο που   until

είδα κι απόειδα   to not know what else to do

τα βγάζω πέρα   to manage, to get through something

με την ησυχία μου   at my leisure, without any rush

κάνω πως   to pretend, to feign (see also 7: κάνω στα ψέματα)

οι φτέρνες μου χτυπάνε πάνω στην πλάτη μου   to run very fast

παίρνω στο κυνηγητό   to chase

παίρνω δρόμο   to go away

καλά να πάθω   I deserved it

11. Ο χαρτοπαίχτης που φιλοξένησε τον Χριστό

συμφορά μου!   What bad luck!

(δε) φτάνει   it is (not) sufficient, (not) enough

στρώνω το τραπέζι   to set the table (see also 20: στρώνω το κρεβάτι)

γεννηθήτω το θέλημά σου   Thy Will Be Done (from the Lord's Prayer)

τραβώ (κατά τον/για τον)   to make my way to (see also 12: τραβώ τον δρόμο μου)

12. Οι τρεις καλές συμβουλές

μετά βίας   hardly

δουλεύω σαν σκυλί   to work a lot, to work hard

παίρνω τα μάτια μου   to go away

στο καλό   farewell

με πονάει   to miss

από μέσα μου   to myself (see also 5: λέω μέσα μου)

λέω με τον νου μου   to think

καλά καλά δεν (έκανα κάτι)   no sooner (I had done something) than

τραβώ τον δρόμο μου   to go, to head to (see also 11: τραβώ κατά τον/για τον)

μωρέ   Hey!

λογής-λογής   all sorts of

χαλάλι (μου)   to deserve (something)

αξίζω και παραξίζω   to be worthy more than enough

βάζω καβάλα   to ride on

κάνω τον σταυρό μου   to cross oneself

τραβάω ίσια γραμμή στο σπίτι μου   to go directly home (see above τραβώ τον δρόμο μου)

κλείνω μάτι   to fall asleep (see also 25: βουλώνω μάτι, 14: πέφτω να κοιμηθώ, 18: με παίρνει ο ύπνος)

κοντεύω να   almost, to be about to (see also 4: πάω να)

και έζησαν αυτοί καλά κι εμείς καλύτερα   and they lived happily ever after

13. Όλοι μαζί κολλημένοι

μετά χαράς   with pleasure

βρίσκω την τύχη μου   to seek my fortune

με το ζόρι   forcefully

βάζω τα γέλια   to burst out laughing (see also 22: ξεκαρδίζομαι από τα γέλια)

λύνω/λύνονται τα μάγια   to lift a spell

εδώ και   long since (expressing duration of time from past event to the present)

14. Το όνειρο

πέφτω να κοιμηθώ   to go to sleep, to fall asleep (see also 18: με παίρνει ο ύπνος, 12: κλείνω μάτι, 25: βουλώνω μάτι)

σαν το κρύο το νερό   to be of exceptional beauty

ο ήλιος πέφτει   the sun sets

15. Το κουκάκι

έχω μεγάλο καημό   to have a great desire (see also 24: έχω μαράζι)

βάζω στοίχημα   to bet, to place a bet

(τα) πολεμώ   to struggle

16. Οι Δώδεκα Μήνες

πιάνει βροχή   to start to rain

καλώς (τον)!   Welcome!

πού να [σας] λέω   Where do I start?

έχω στον νου μου   to want, to have in mind to

το παρακάνω   to take it too far

πρωί – πρωί   very early in the morning

κακό χρόνο να'χει   may (he) be damned

να μη φτάσει να...   (he) should not…

όπως στρώνεις έτσι και κοιμάσαι   you've made your bed, now lie in it

17. Η Σταχτοπούτα

πικραίνομαι   to get sad, to get discouraged

κρίμα   Pity!

αφήστε με στη λύπη μου   Leave me to my sorrows!

κατά τύχη   by accident

δεν [μου] πάει   to not fit [me]

δίνω μια   to give one kick

ίσα-ίσα   exactly

με μεγάλες τιμές   with great ceremony

18. Οι τρεις κόρες

γίνεται πόλεμος   a war breaks out

από κακία   out of spite

με παίρνει ο ύπνος   to fall asleep (see also 14: πέφτω να κοιμηθώ, 12: κλείνω μάτι, 25: βουλώνω μάτι)

γίνομαι μπαρούτι   to become furious

19. Ο Χριστός και το παιδί

άδικα μην κουράζεστε   don't labor in vain

ας είναι   let it be

δεν πειράζει   it doesn't matter

20. Οι εντολές του Θεού

στα παλιά τα χρόνια   in the old days

στρώνω το κρεβάτι   to make the bed (see also 11: στρώνω το τραπέζι)

δε βγάζω μιλιά   to not speak

να χαθείς, να χαθείτε!   Get lost!

κάμω δίκαιο   to earn righteously

ταΐζω και ποτίζω   to take care of somebody

κάνα δυο   about two

αύριο-μεθαύριο   in the near future

παίρνω σβάρνα   to harrow (figuratively)

21. Η πέτρα της υπομονής

φυλάω σαν τα μάτια μου   to guard very carefully, to protect

τα χάνω   to be dumbfounded by someone or something

πράματα και θάματα   many precious things

ο μαύρος!   Poor man!

γέρνω   to lay down

στο λεπτό   immediately

για όνομα του Θεού!   For God's sake!

καλώ σε τραπέζι   to invite for a meal

η αφεντιά μου   my presence

22. Ο βασιλιάς Ύπνος

του κάκου   unsuccessfully

δεν κάνει   it is not appropriate

του πουλιού το γάλα   abundance of goods

ξεκαρδίζομαι από τα γέλια   to die laughing (see also 13: βάζω τα γέλια)

καλορίζικο!   Congratulations!

να ζήσει!   Live well, best wishes!

τι τρέχει;   What's going on?

δεν έχω είδηση   to have no idea

23. Η πεντάρα

σαν λουκούμι   very soft and delicious

δε χαλάω χατίρι   to not say no, to not displease

καθαρός και ξάστερος   clean and clear, unambiguous

το τσούζω   to drink a lot

φτιάχνω κεφάλι   to get tipsy

πίνω στην υγεία κάποιου   to drink to someone's health

24. Ο Μεγαλέξαντρος, ο γιος του Ήλιου

έχω μαράζι   to be distressed (see also 15: έχω μεγάλο καημό)

αποδώ, αποκεί   everywhere, to try something in different ways (see also 8: από 'δω κι από 'κεί, 10: εδώ την έχω, εκεί την έχω, 25: το φέρνω αποδώ, το φέρνω αποκεί)

καταφέρνω κάποιον   to convince someone

έγνοια σου   Don't worry!

25. Ο φτωχός κι ο πλούσιος

το φέρνω αποδώ, το φέρνω αποκεί   to try something in different ways (see also 8: από 'δω κι από 'κεί, 10: εδώ την έχω, εκεί την έχω, 24: αποδώ, αποκεί)

(δε) βουλώνω μάτι   to (not) sleep (see also 12: κλείνω μάτι. See also 14: πέφτω να κοιμηθώ, 18: με παίρνει ο ύπνος)

Glossary

The Greek–English glossary covers all the words appearing in the folktales. If a word has several meanings, the number(s) in parentheses refer to the specific folktale in which the word has this particular meaning. The glossary follows the Modern Greek orthography as it is standardized in the *Dictionary of Standard Modern Greek* by the Institute of Modern Greek Studies, Manolis Triantaphyllidis Foundation, Aristotle University of Thessaloniki (Ινστιτούτο Νεοελληνικών Σπουδών, Ίδρυμα Μανόλη Τριανταφυλλίδη, Λεξικό της Κοινής Νεοελληνικής, Θεσσαλονίκη, [1998] 2001.) If a word appears in the text with a secondary meaning, its most common meaning is also provided. Additional information (given in italics) indicate if a word is colloquial, archaic, or in a regional dialect. The English translations follow the American spelling system.

A

αγαπημένα   lovingly
αγαπητός, -ή, -ό   beloved, dear
αγαπώ (αγαπάω)   to love
αγγελικός, -ή, -ό   angelic
άγγελος, ο   angel
αγγίζω   to touch
αγελάδα, η   cow
αγέλαστος, -η, -ο   unsmiling, never smiling
Άγιος, ο/Αγία, η   Saint
άγιος, -α, -ο   holy, sacred
αγκάθι, το   thorn
αγκαλιά, η   hug, embrace
αγκαλιάζω, -ομαι   to hug
άγνωστος, -η, -ο   unknown
αγοράζω   to buy
άγουρος, -η, -ο   unripe
αγραδινιά, η   evening (*dialect*)
αγριολάχανο, το   wild cabbage
αγωγιάτης, ο   mule-driver
αδειάζω   to empty
αδερφή, η   sister (*colloquial plural* αδερφάδες)
αδερφός, ο   brother
Άδης, ο   Hades
άδικα   in vain (*most common meaning* unjustly)
αδικία, η   injustice

αδράχτι, το   spindle
αδύνατος, -η, -ο   impossible
αέρας, ο   wind
αετός, ο   eagle
αθεόφοβος, -η, -ο   rascal
Αϊ-   Saint (abbreviated form of Άγιος)
αίμα, το   blood
άιντε   go! (*colloquial*)
ακολουθώ   to follow
ακόνι, το   whetstone
ακουμπισμένος, -η, -ο   laying on
ακουμπώ (ακουμπάω)   to lean on
ακούω   to hear
άκρη, η   edge
αλεπού, η   fox
αλέτρι, το   plow
αλήθεια, η   truth (21), in truth (12, 23)
αληθινά   truly
αληθινός, -ή, -ό   true
αλλά   but
αλλάζω   to change
άλλος, -η, -ο   another, other
άλογο, το   horse
άμα   when, if
άμαξα, η   carriage
αμέσως   immediately
αμοιβή, η   reward
αμπελοχώραφα, τα   vineyards
αν   if
ανάβω   to light
αναγκάζω, -ομαι   to force
αναθρέφω/ανατρέφω   to raise, to breed
ανακατεύομαι   to interfere
αναποδογυρίζω   to overturn
ανασταίνομαι   to grow up, to be (*most common meaning* to resurrect)
αναστενάζω   to sigh
ανεβαίνω   to go up, to climb
ανεβασμένος, ο   elevated, raised
ανεπαμένος, -η, -ο   relaxed (*dialect*)
ανήμπορος, -η, -ο   unable, incapable
άνθρωπος, ο   human
ανοίγω   to open
αντάμα   together (*colloquial*)
ανταμώνω   to come across
άντρας, ο   man
αντρείος, -α, -ο   brave
αντρόγυνο, το   married couple
αξία, η   value

αξίζω   to be worthy
αξίνα, η   spade
άξιος, -α, -ο   worthy
απαντώ (απαντάω)   to meet (3), to respond (15, 16, 17, 18, 21)
απαράλλακτος, -η, -ο   identical
απέκειο   afterwards (*dialect*)
απελπίζω   to daunt
απελπισμένος, -η, -ο   hopeless
απένταρος, -η, -ο   penniless
από   from
αποβραδίς   the night before
αποκοιμούμαι   to fall asleep
αποκρίνομαι   to respond
απομένω   to remain
απορώ   to wonder
αποσταίνω   to get tired (*colloquial*)
απότομα   suddenly
απουσταμάρα   fatigue, weariness (*dialect*)
αποφασίζω   to decide
απόψε   tonight
αποψινός, -ή, -ό   of this night
αράπης, ο   blackamoor
αργώ   to be late
αρέσω   to like
αρμέγω   to milk
αρρωσταίνω   to fall ill
αρρώστια, η   sickness, disease
άρρωστος, ο   sick person
άρτος, ο   sacramental bread for the Eucharist
αρχή, η   beginning
αρχίζω   to start, to begin
άρχοντας, ο   lord, nobleman
αρχοντιές, οι   noble things
αρχοντοπούλα, η   noble young lady
ασημένιος, -α, -ο   silver
αστείο, το   joke
αστράφτω   to sparkle
άστρο, το   star
άτεχνος, -η, -ο   unskilled
αυγή, η   dawn
αυλή, η   yard
αύριο   tomorrow
αυτός, -ή, -ό   he, she, it
αυτού   there (*colloquial*)
αφανίζω   to destroy, to make disappear
άφαντος, -η, -ο   disappeared, invisible
αφεντιά, η   nobleness
αφεντικό, το   boss

αφήνω   to allow, to leave
αφικρούμαι   to listen (*dialect*, see also αφουγκράζομαι)
αφού   since, after
αφουγκράζομαι   to listen
αχλάδι,   το pear
αχλαδιά, η   pear tree
αχτίνα, η   ray
άχυρο, το   straw

B

βάζω   to put, to place
βαθιά   deeply
βαλαντωμένος, -η, -ο   exhausted (*colloquial*)
βαραίνω   to weigh (on someone)
βαριέμαι   to get bored
βάσανο, το   tribulations, struggles
βασιλεία, η   kingdom (of God)
βασίλειο, το   kingdom
βασιλεύω   to set (7), to reign, to rule (24)
βασιλιάς, ο   king
βασίλισσα, η   queen
βασιλοπούλα, η   princess
βασιλόπουλο, το   prince
βαστώ (βαστάω)   to keep, to bear
βγάζω   to remove (4), to take out (6), to earn (12)
βγαίνω   to go out
βδομάδα, η   week (see also εβδομάδα, η)
βέβαια   of course
βελόνα, η   needle
βιάζομαι   to hurry
βλάχος, ο   Vlach (a Greek person of Aromanian origin, *common meaning* bumpkin)
βλέπω   to see
βόδι, το   ox
βοήθεια, η   help
βοσκή, η   field
βόσκω/βοσκώ (βοσκάω)   to graze
βουβός, -ή, -ό   speechless, silent
βουή, η   noise
βουνό, το   mountain
βούτυρο, το   butter
βραδιάζομαι   to be found by night (see also νυχτώνομαι)
βράδυ, το   evening
βραχιόλι, το   bracelet
βρε(γ)μένος, -η, -ο   wet
βρέχομαι   to get wet
βρίσκω, -ομαι   to find
βρύση, η   spring, fountain
βυζαίνω   to breastfeed

Γ

γάιδαρος, ο   donkey
γάλα, το   milk
γαλατάς, ο   milkman
γάμος, ο   wedding
γαμπρός, ο   groom
γαργαλώ (γαργαλάω)   to tickle
γάτα, η   cat
γαυγίζω   to bark
γείτονας, ο   neighbor
γειτονιά, η   neighborhood
γειτονικός, -ή, -ό   neighboring
γειτονόπουλο, το   neighborhood child
γέλιο, το   laughter
γελώ (γελάω)   to laugh, to trick (24)
γεμάτος, -η, -ο   full
γεμίζω   to fill
γεννώ (γεννάω)   to give birth
γέρνω   to lay down
γερνώ (γερνάω)   to grow old
γερόντισσα, η   old woman
γέρος, ο   old man
γεύμα, το   meal
γεωργός, ο   farmer
γη, η   earth
γιαγιά, η   grandmother
γιαπί, το   incomplete building
γιατί   why, because
γιατρός, ο   doctor
γίνομαι   to become
γιος, ο   son
γκαστρωμένος, -η, -ο   pregnant (*colloquial*)
γλείφω   to lick
γλιτώνω   to be saved from
γλυκόλογα, τα   sweet words
γλώσσα, η   tongue
γνέθω   to spin (textiles)
γνέσιμο, το   spinning
γνέφω   to gesture
γνωρίζω   to know, to recognize
γνώση, η   sense, knowledge
γνωστικός   knowledgeable
γόνατο, το   knee
γονέας, ο   parent
γραία, η   old woman (*archaic*, see also γριά, η)
γράμμα, το   letter
γραμμένος, -η, -ο   written
γρήγορα   quickly

γριά, η   old woman
γρόσι, το   Turkish penny
γρουσούζης, -α, -ικο   somebody who brings bad luck
γυαλιστερός, -ή, -ό   shiny
γυναίκα, η   woman
γυρεύω   to ask, to seek
γυρίζω   to go around, to wander (1, 9), to return (21, 12, 15)
γύφτισσα, η   gypsy woman
γωνιά, η   corner (*colloquial*)

Δ

δάκρυ, το   tear
δάσκαλος, ο   teacher
δάσος, το   forest
δαυλί, το   torch
δάχτυλο, το   finger
δείχνω   to show
δεμένος, -η, -ο   bound, tied
δέντρο, το   tree
δένω   to tie
δεξής, -ιά, -ί   right
δέρνω   to beat
δεύτερος, -η, -ο   second
δέχομαι   to accept (11, 13), to receive, to welcome (18)
διαβάζω   to read
διαβάτης, ο   passerby
διάβολος, ο   devil
διασκεδάζω   to amuse oneself
διαταγή, η   order
διατάζω   to order
διηγούμαι   to recount, to narrate
δίκαια   justly
δικηγόρος, ο   lawyer
δίκιο, το   the right
δικός, -ή, -ό   mine, yours, his, hers, its, ours, yours, theirs
δίνω   to give
δίπλα   next to
δοκιμάζω   to try
δόντι, το   tooth
δουλειά, η   work
δουλεύω   to work
δούλεψη, η   work
δούλος, ο   servant (*most common meaning* slave)
δραχμή, η   drachma
δρεπάνι, το   sickle
δρόμος, ο   road
δροσίζομαι   to cool oneself, to refresh oneself
δυνατός, -ή, -ό   strong
δώρο, το   gift, present

E

εβδομάδα, η   week
εγγονάκι, το   little grandchild
έγνοια/έννοια, η   worry
εδώ   here
ειδεμής   otherwise (*colloquial*)
είμαι   to be
ειρήνη, η   peace
εκεί   there
εκείνος, -η, -ο   that
εκκλησιά/εκκλησία, η   church
εκμυστηρεύομαι   to confide
ελεύθερος, -η, -ο   free, unimpeded
ελιά, η   mole, beauty mark (*most common meaning* olive)
εμποδίζω   to block
ένας, μία/μια, ένα   one
εντάξει   ok, all right
εντολή, η   command
εξαφανίζω, -ομαι   to make something disappear
εξηγώ   to explain
έξω   outside
έξωμου   but only (*dialect*)
εξώπορτα, η   main, outer door
επειδή   because
έπειτα   later, afterwards
επίτηδες   intentionally, on purpose
εργάζομαι   to work
ερημιά, η   wilderness, desert
έρημος/έρμος, -η, -ο   forsaken, forlorn
έρχομαι   to come
ερωτεύομαι   to fall in love
ετοιμάζομαι   to get ready
έτοιμος, -η, -ο   ready
ετοιμασία, η   preparation
έτσι   so, like so
ευγνωμονώ   to be grateful
ευλογημένος, -η, -ο   blessed
ευλογώ   to bless
ευτούνα   these (*dialect*)
ευτυχισμένος, -η, -ο   happy
ευχαριστιέμαι   to be pleased, to enjoy
ευχαριστώ   to thank
εύχομαι   to wish
έχω   to have
εψές/ψες   yesterday (*colloquial*)

Z

ζάχαρη, η   sugar
ζεσταίνω, -ομαι   to warm up, to heat up (in passive: to feel hot)

ζέστη, η   heat
ζευγάρι, το   pair
ζέφκι, το   feast (*dialect*)
ζηλεύω   to envy
ζήλια, η   envy
ζητιάνος,   o beggar
ζητώ (ζητάω)   to ask, to request
ζυγώνω   to approach
ζυμάρι, το   dough
ζυμώνω   to knead
ζώ   to live
ζωή, η   life
ζωντανεύω   to come to life
ζωντανός, -ή, -ό   alive
ζώο, το   animal

H

ήλιος, o   sun
ημέρα, η   day (see also μέρα, η)
ησυχάζω   to find peace

Θ

θάβω   to bury
θάλασσα, η   sea
θαμπώνομαι   to be dazzled
θαύμα, το   miracle
θαυμάζω   to admire
θεία, η   an address to an older woman (*colloquial; most common meaning* aunt)
θέλω   to want
θεμέλιο, το   foundation
Θεός, o   God
θεοσεβούμενος, -η, -o   pious
θεριό, το   wild beast (*colloquial,* see also θηρίο, το)
θέση, η   position
θεωρώ   to consider
θηρίο, το   wild beast
θλιμμένα   sorrowfully, sadly
θρόνος, o   throne
θυγατέρα, η   daughter (*archaic*)
θυμάμαι   to remember
θυμιάζω   to cense
θυμός, o   anger
θυμωμένος, -η, -o   angry
θυμώνω   to get angry

I

ιδέα, η   idea
ίδιος, -α, -ο   the same

ίντα   what (*dialect*)
ίσκιος, ο   shade
ιστορία, η   story, history

Κ

καβάλα   on the back of an animal
καβαλικεύω   to ride (a horse)
καζαντίζω   to succeed, to win (*dialect*)
καημένος, -η, -ο   poor fellow
καημός, ο   desire
κάθε   every, each
καθένας, καθεμία/καθεμιά, καθένα   each one
καθόλου   not at all
κάθομαι   to sit down
καθώς   while
και/κι   and
καιρός, ο   weather
καίω   to burn
κακοκαιρία, η   bad weather
κακομοίρης, -α, -ικο/κακόμοιρος, -η, -ο   poor, wretched
κακονυχτισμένος, -η, -ο   sleep-deprived
κακός, -ιά, -ό   bad, evil
κακούργος, -α, -ο   malevolent, villainous
κακοφαίνομαι   to make a bad impression
καλάμι, το   reed-flute
καλεσμένος, -η, -ο   guest
καλημερίζω   to say good morning to someone
καλησπέρα   good afternoon, good evening
καλόγερος, ο   monk
καλοκαίρι, το   summer
καλοκαιριάτικος, -η, -ο   summer (adjective)
καλορίζικος, -η, -ο   fortunate
καλός, ή, -ό   good
καλοσυνεύω   to get nicer
καλύβι, το   hut
καλώ   to invite (11, 18), to call
καλώς ήρθες/καλωσήρθες   welcome
κάμαρη, η   chamber (*archaic*)
καμαρώνω   to boast
κάμπος, ο   plain, field
κάμποσος, -η, -ο   plenty, enough
καναπές, ο   couch
κανένας/κανείς, καμία/καμιά, κανένα   any, nobody
κάνω   to do
καπέλο, το   hat
καπετάνιος, ο   captain
κάποιος, -α, -ο   someone
κάποτε   sometime
καράβι, το   boat

καρδιά, η   heart
καρέκλα, η   chair
καρτέρεμα, το   welcoming (*dialect*)
καρύδι, το   walnut
κατά   towards
κατάκοιτος, -η, -ο   bedridden
καταλαβαίνω   to realize, to understand
καταλαμβάνω   to seize
καταπλακώνω   to crush
καταστρέφομαι   to get destroyed
κατατρομάζω   to become very scared
καταφέρνω   to manage (10), to convince (24)
κατεβάζω   to take down
κατεβαίνω   to go down
κατεργαριά, η   trick
κατοικώ   to dwell, to reside
κατορθώνω   to succeed
κάτω   under
κάψα, η   heat
κείτομαι   to lay
κέντημα, το   needlework
κεντημένος, -η, -ο   embroidered
κεντώ (κεντάω)   to embroider
κερδίζω   to win
κεφάλι, το   head
κήπος, ο   garden
κηρύσσω   to declare
κιβούρι, το   coffin
κινδυνεύω   to be in danger of
κινώ, -ούμαι   to move
κιούπι, το   jar (*colloquial*)
κλαδί, το   branch
κλαίω   to cry
κλέβω   to steal
κλειδί, το   key
κλείνω   to close
κληματαριά, η   vine
κλώσα, η   hen (incubating eggs)
κλωστή, η   thread
κόβω   to cut down
κοιλιά, η   belly
κοιμάμαι   to sleep
κοιτάζω   to look
κόκαλο, το   bone
κοκαλωμένος, -η, -ο   frozen in place
κόκορας, ο   rooster
Κόλαση, η   Hell
κολασμένος, -η, -ο   damned (condemned to eternal punishment)
κολατσίζω   to snack

κολλώ (κολλάω)   to stick
κομμάτι, το   piece
κομματιάζω   to tear into pieces
κομμένος, -η, -ο   cut
κοντά   near
κοπάδι, το   flock
κοπέλα, η   young woman
κόπος, ο   effort
κόρακας, ο   crow
κόρη, η   daughter
κορίτσι, το   daughter (18), girl (19, 22)
κοροϊδευτικά   mockingly
κοροϊδεύω   to ridicule
κόρφος, ο   chest (*colloquial*)
κόσμος, ο   people
κοτόπουλο, το   chicken
κουβαλώ (κουβαλάω)   to carry
κουδούνι, το   bell
κουδουνίζω   to jingle
κουκάκι, το   small fava bean
κουκουβάγια, η   owl
κουμπάρος, ο   close friend (*colloquial; most common meaning* best man)
κουνιάδα, η   sister-in-law
κουνώ (κουνάω), -ιέμαι   to move
κουράζομαι   to get tired
κουρασμένος, -η, -ο   tired
κουρελιάρης, -α, -ικο   ragged
κουρελιασμένος, -η, -ο   shabby
κουτάβι, το   puppy
κουτάλι, το   spoon
κουτός, -ή, -ό   dumb
κοφίνι, το   basket
κρασί, το   wine
κρατώ (κρατάω)   to hold
κρέας, το   flesh (19), meat (22, 23)
κρεβάτι, το   bed
κρεμασμένος, -η, -ο   hanging
κρεμαστάρι, το   fruit hanging from the ceiling in rural homes (*colloquial; most common meaning* hangers)
κρεμώ (κρεμάω)   to hang
κριθάρι, το   barley
κριματίζω   to shame
κρίνω   to judge
κρύβω   to hide
κρυμμένος, -η, -ο   hidden
κρύο, το   cold
κρυφά   secretly
κύμα, το   wave
κυνηγητό, το   chase

κυνήγι, το   hunting
κυνηγώ (κυνηγάω)   to hunt
κυπαρίσσι, το   cypress tree
κυρά, η   madam
Κυριακή, η   Sunday

Λ

λαγιάζω   to sleep (*dialect*)
λαδάς, ο   oil merchant
λάδι, το   oil
λάθος, το   mistake
λαιμός, ο   neck (2, 10), throat (4)
λάκκος, ο   pit
λαλώ   to sing
λαός, ο   people
λαχανιάζω   to be short of breath, to gasp for air
λάχανο, το   cabbage
λείπω   to be absent
λείψανο, το   corpse
λεκάνη, η   washing basin
λεπτό, το   minute
λεφτά, τα   money
λεχώνα, η   a woman who has recently given birth
λέω   to say, to tell
λησμονώ   to forget
λίγος, -η, -ο   little, few
λιγοστεύω   to decrease
λιγουλάκι   a little bit
λιθάρι, το   stone
λίρα, η   golden coin
λόγια, τα   words
λοιπόν   so, then, thus
λούζω   to wash
λουκούμι, το   soft dessert (Turkish delight)
λουλούδι, το   flower
λούσο, το   luxury
λόφος, ο   hill
λύκος, ο   wolf
λύνω   to untie
λυπάμαι/λυπούμαι   to feel sorry
λύπη, η   sadness
λυράκι, το   little lyre
λυχνάρι, το   oil lamp

Μ

μα   but
μαγαζί, το   store

μαγειρεύω   to cook
μάγουλο, το   cheek
μαζεύω   to gather, to pick
μαζί   together
μαθαίνω   to learn
μαθητής, ο   disciple (*most common meaning* student)
μακριά   far away
μαλλί, το   hair
μαλώνω   to scold
μάνα, η   mother
μανέστρα, η   orzo
μαντίλι, το   handkerchief
μάντρα, η   stone fence
μαντρί, το   pen of sheep
μαραγκός, ο   carpenter
μαράζι, το   distress (caused by a long lasting unfulfilled desire)
μαραίνω   to wither
μαστίχα, η   mastic
μάστορας, ο   builder
μάτι, το   eye
μαύρος, -η, -ο   black
μαχαίρι, το   knife
μεγαλείο, το   splendor
Μεγαλειότατος, -η, -ο   His Majesty
μεγάλος, -η, -ο   big
μεγαλώνω   to grow
μεθαύριο   the day after tomorrow
μελαγχολία, η   melancholy
μελάς, ο   honey vendor or beekeeper (*colloquial*)
μέλει   to concern
μέλι, το   honey
μένω   to stay, to live
μέρα, η   day
μερίδιο, το   portion, share
μέρος, το   place
μέσα   inside
μεσαίος, -α, -ο   middle
μεσημέρι, το   noon
μετανοώ   to regret
μεταξύ   between
μηλιά, η   apple tree
μήλο, το   apple
μήνας, ο   month
μήπως   if, whether
μήτε   neither
μικρός, -ή, -ό   small
μιλιά, η   voice
μιλώ (μιλάω)   to talk, to speak

μισός, -ή, -ό half
μοίρα, η fate, destiny
μοιράζομαι to share
μοιράζω to divide
μοιραίνω to predict the fate of something
μοιρολογώ to mourn
μόλις just
μονάχα only, just
μοναχός, -ή, -ό/μονάχος, -η, -ο alone, on one's own
μοναχοκόρη, η only daughter
μόνε when (*dialect*)
μόνο only
μουλάρι, το mule
μουσαφίρης, ο guest
μουσική, η music
μουσκεύω to soak
μπάζω to let in
μπαίνω to enter
μπακάλης, ο grocer
μπαλιγάρω to cajole (*dialect*)
μπαλκόνι, το balcony
μπάμπω, η old woman (*colloquial*)
μπιζερίζω to get fed up (*dialect*)
μπιστεμένος, -η, -ο trusted (*colloquial*)
μπορώ to be able
μπουκάλι, το bottle
μπράβο well done!
μπράτσο, το (upper) arm
μπρος/μπροστά in front
μυαλό, το mind
μυρίζω to smell
μυστήριο, το mystery
μυστήριος, -α, -ο mysterious
μύτη, η beak (*most common meaning* nose)
μωρό, το baby

N

ναι yes
νεκρός, -ή, -ό dead
νέο, το news
νεράιδα, η fairy
νερό, το water
νεροχύτης, η kitchen sink
νηστικός, -ή, -ό not having eaten
νίβομαι to wash oneself (*archaic*)
νικητής, ο winner
νικώ (νικάω) to win

νοιάζω   to care
νοικοκυρά, η   housewife
νοικοκύρης, ο   master of the house
νομίζω   to believe, to think
νόμισμα, το   coin
νους, ο   mind
ντρέπομαι   to feel ashamed
ντυμένος, -η, -ο   dressed
ντύνομαι   to get dressed
νύστα, η   sleepiness
νυσταγμένος, -η, -ο   sleepy
νυστάζω   to be sleepy
νύφη, η   bride (14, 19), daughter-in-law (18, 22), young woman (20)
νύχι, το   nail, claw
νυχτερεύω   to stay up and work all night (*colloquial*)
νυχτώνομαι   to be found by night

Ξ

ξαναλέω   to say again, to repeat
ξαναπαντρεύομαι   to get remarried
ξανασαίνω   to feel relieved, to breathe easily
ξαπλωμένος, -η, -ο   recumbent, lying
ξαποσταίνω   to rest
ξάστερος, -η, -ο   clear, cloudless
ξαφνιάζομαι   to be surprised
ξαφνικά   suddenly
ξεκινώ (ξεκινάω)   to head to, to start
ξεκολλώ (ξεκολλάω)   to unstick
ξεκουράζομαι   to rest
ξεμακραίνω   to move away
ξένα, τα   foreign lands
ξενιτιά, η   foreign lands
ξένος, ο/ξένη, η/ξένο, το   foreigner, stranger
ξένος, -η, -ο   foreign
ξενυχτώ (ξενυχτάω)   to stay for the night (*most common meaning* stay up all night)
ξεπατωμένος, -η, -ο   exhausted
ξεραίνομαι   to get dry
ξερός, -ή, -ό   dry
ξέρω   to know
ξεφεύγω   to escape
ξεχνώ (ξεχνάω)   to forget
ξέχωρα   separately
ξομπλιάζω   to needle (*colloquial*)
ξυλένιος, -α, -ο/ξύλινος, -η, -ο   wooden
ξύλο, το   wood
ξυλοκόπος, ο   lumberjack
ξυπνώ (ξυπνάω)   to wake up

Ο

οδηγώ   to lead
οικογένεια, η   family
ολομόναχος, -η, -ο   completely alone
όλος, -η, -ο   all, whole
ομορφιά, η   beauty
όμορφος, -η, -ο   beautiful
όμως   but
όνειρο, το   dream
οπίσθια, τα   buttocks
όποιος, -α, -ο   whoever
όποτε   whenever
όργανο, το   instrument
οργώνω   to plow
ορθός, -ή, -ό   upright
ορκίζω   to adjure, to admonish
ορμήνια, η   advice (*colloquial*)
όρνιθα, η   hen (*archaic*)
ορφανό, το   orphan
ό,τι   anything
ουράνιος, -α, -ο   heavenly
ουρανός, ο   sky
όχι   no

Π

παγώνι, το   peacock
παθαίνω   to suffer
παιδί, το   child
παίζω   to play
παίξιμο, το   playing
παίρνω   to take
παίχτης, ο/παίχτρια, η   player
παλαβωμάρα, η   craziness
παλάτι, το   palace
παλεύω   to fight, to struggle
πάλι   again
παλιογυναίκα, η   evil woman
παλιός, -ά, -ό   old
παλληκάρι/παλικάρι, το   brave young man
πανάκριβος, -η, -ο   very expensive
παντού   everywhere
παντρεύομαι   to get married
πάνω   on
παξιμάδι, το   cracker, biscuit
παπάρα, η   sop (solid food dipped in liquid)
παπάς, ο   priest
πάπλωμα, το   duvet

παπούτσι, το   shoe
παππούς, ο   grandfather
παραβγαίνω   to compete (*colloquial*)
παραγγελία, η   request
παραγγέλνω   to order
Παράδεισος, ο   heaven, paradise
παράθυρο, το   window
παρακαλώ (παρακαλάω)   to ask, to plead
παρακάτω   further down
παραμάνα, η   nanny
παράμερα   aside
παραμύθι, το   folktale, fairy tale
παράξενα   strangely
παραξενεύομαι   to be taken aback
παράξενος, -η, -ο   strange
παραπέρα   further
παραπονιέμαι   to complain
παράπονο, το   complaint
παράς, ο   money (*colloquial*)
παραστρατώ   to stray
παραφυλώ (παραφυλάω)   to watch out
παρηγορώ   to comfort, to console
παρουσιάζω, -ομαι   to appear
πατρίδα, η   homeland
πατώ (πατάω)   to step on
παύω   to stop
πάω   to go
πεθαίνω   to die
πεθαμένος, -η, -ο   dead
πεθερά, η   mother-in-law
πείθομαι   to be convinced
πείνα, η   hunger
πεινώ (πεινάω)   to be hungry
πεντάρα, η   penny
πέντε   five
πέρδικα, η   partridge
περιβόλι, το   garden, orchard
περιγράφομαι   to be described, to be fathomed
περίεργος, -η, -ο   peculiar
περιμένω   to wait
περίπατος, ο   walk
περιποιούμαι   to take care of, to pamper
περισσεύω   to be left to spare
περιφρονημένος, -η, -ο   disregarded, neglected
περνώ (περνάω)   to pass, to lapse
περπατώ (περπατάω)   to walk
πετάγομαι   to spring, to jump
πετεινός, ο   rooster

πετιέμαι   to fling oneself
πέτρα, η   stone, rock
πετροβολώ (πετροβολάω)   to stone
πετσέτα, η   towel
πετώ (πετάω)   to throw
πέφτω   to fall
πηγαίνω   to go
πηδώ (πηδάω)   to jump
πια   no longer
πιάνω   to catch, to hold
πιθάρι, το   clay jar
πικραίνομαι   to be sad, to be discouraged
πίνω   to drink
πιστεύω   to believe
πιστικός, ο   shepherd (*colloquial*)
πίσω   back
πίτα, η   pie
πλαγιάζω   to lay down
πλάτη, η   back
πλένομαι   to wash oneself
πλευρό, το   side
πληγή, η   wound
πληρώνω   to reciprocate (10), to pay (12,16)
πλησιάζω   to approach
πλούσιος, -α, -ο   rich
πνιγμός, ο   strangling
πνίγομαι   to drown
πνίγω   to choke (4), to strangle (10, 16)
ποδάρι, το   leg (*colloquial*)
πόδι, το   leg (6, 13, 19), foot (17)
ποιος, -α, -ο   who
πόλεμος, ο   war
πολεμώ (πολεμάω)   to battle (21), to struggle (15)
πόλη, η   city
πολύς, πολλή, πολύ   much, many, a lot
πολυχρονεμένος, -η, -ο   long life to your highness
ποντίκι, το/ποντικός, ο   mouse
πόρτα, η   door
ποτάμι, το   river
ποτέ   never
ποτήρι, το   glass, cup
ποτίζω   to water
που   that, which, who
πού   where?
πούβετις   nowhere (*dialect*)
πουθενά   nowhere
πουλί, το   bird
πουλώ (πουλάω)   to sell

πουρνό, το   morning (*colloquial*)
πράγμα, το   thing
πράγματι   indeed
πραγματικά   truly
πραμάτεια, η   merchandise
πραματευτάδικο, το   peddler's store
πραματευτής, ο   peddler
πρέπει   must
πριν   before
πρόβατο, το   sheep
προκόβω   to thrive
προξενιό, το   matchmaking
προσευχή, η   prayer
προσέχω   to be careful
προσηλιακό, το   sun-drenched balcony
προσκαλώ   to invite
προσκυνώ (προσκυνάω)   to bow
προσπαθώ   to try, to attempt
προσποίηση, η   pretension
προστάζω   to order
προτιμώ (προτιμάω)   to prefer
προτού   before
προυμί   before (*dialect*)
προφταίνω   to make it on time
προχωρώ (προχωράω)   to proceed
πρωί, το   morning
πρώτος, -η, -ο   first
πρωτοσπάζω   to break first
πως   that
πώς   how?

P

ραβδί, το   stick
ράχη, η   back (10), ridge (16)
ρέμα, το   stream
ρίχνω   to pour (14), to drop (21)
ροδοκόκκινος, -η, -ο   rosy
ρουφώ (ρουφάω)   to suck
ρούχο, το   garment
ρωτώ (ρωτάω)   to ask

Σ

σακί, το   sack
σακούλι, το   sack
σαλεύω   to move
σαν   when (7, 13, 15, 21, 22, 25), like (1, 5, 12, 13, 14, 17, 19, 20, 21, 23, 24)
σαράντα   forty

σαστίζω   to confound
σβήνω   to blow out, to put out
σε   to, at, in, into
σεισμός, ο   earthquake
σερνικό, το   male (*colloquial*)
σέρνω   to go (*colloquial*; *most common meaning* to drag)
σηκώνομαι   to get up (12, 14, 16, 19, 21), to stand up (2, 21)
σηκώνω   to raise, to lift
σινί, το   baking dish, tray (*colloquial*)
σκάλα, η   ladder
σκαλί, το   step
σκαλίζω   to scrape
σκαμνί, το   stool
σκεπάζω, -ομαι   to cover
σκέφτομαι   to think
σκιάζομαι   to be afraid
σκισμένος, -η, -ο   torn
σκλάβος, ο/σκλάβα, η   slave
σκοπός, ο   guard
σκοτούρα, η   trouble
σκοτώνω   to kill
σκουντός, ο   poor fellow (*dialect*)
σκουπίζομαι   to wipe oneself
σκύβω   to bend
σκυλί, το/σκύλος, ο   dog
σπάζω   to break
σπαθί, το   sword
σπαρτό, το   crop
σπηλιά, η   cave
σπίτι, το   house
σπουδαίος, -α, -ο   important
σταματώ (σταματάω)   to stop
σταυρώνομαι   to be crucified
σταφύλι, το   grape
στάχτη, η   ash
Σταχτοπούτα, η   Cinderella
στέκομαι   to stand (9), to stop (12)
στέλνω   to send
στέμμα, το   crown
στεναχωρημένος, -η, -ο   sad
στιγμή, η   moment
στοίχημα, το   bet
στόμα, το   mouth
στοχασμός, ο   meditation
στράτα, η   way (*colloquial*)
στρατιώτης, ο   soldier
στρατοκόπος, ο   wayfarer, traveler
στρατός, ο   army

στρώμα, το   mattress
στρώνω   to make the bed; to set the table
συγυρίζω   to order, to tidy
συγχωρώ   to forgive
συκιά, η   fig tree
σύκο, το   fig
συλλογή, η   thought, reflection
συλλογίζομαι   to reflect, to ponder
συλλογισμένος, -η, -ο   pensive
συμβουλεύω   to advise
συμβουλή, η   piece of advice
συμβούλιο, το   assembly, meeting
συμφορά, η   misfortune
συμφωνία, η   deal
σύμφωνος, -η, -ο   in agreement
συμφωνώ   to agree
συναντώ (συναντάω)   to meet
συνεχίζω   to continue
συνηθίζω   to be accustomed, to get used to
συνηθισμένος, –η, -ο   regular
συνοδεία, η   convoy
συντροφιά, η   company
σύντροφος, ο   comrade, fellow
σφαγή, η   slaughter
σφάζω   to slaughter
σφιχταγκαλιάζομαι   to tightly hug one another
σχοινί, το   rope
σχολείο, το   school
σώζομαι   to be saved
σώνομαι   to be ended, to be spent
σωστός, -ή, -ό   correct

Τ

ταΐζω   to feed
τάμα, το   vow
τάφος, ο   grave
ταχιά   tomorrow morning (*colloquial*)
ταχυτερνή, η   morning (*dialect*)
ταχυτέρου, το   next morning (*dialect*)
τέλεια   perfectly
τελειώνω   to finish, to end
τελευταίος, -α, -ο   last
τέλος, το   end
τεμπέλης, -α, -ικο   lazy
τέτοιος, -α, -ο   such
τζάκι, το   fireplace
τηρώ, -ούμαι   to look (*colloquial*; *most common meaning* to observe the rules, to keep my word)

τίμιος, -α, -ο   honest, reputable
τινάζομαι   to jump
τίνος   whose
τίποτα   nothing, anything
τόκος, ο   interest (profit on an investment)
τολμώ (τολμάω)   to dare
τόπος, ο   place
τόσος, -η, -ο   so, so much
τότε   then
τουλάχιστο(ν)   at least
τούμπανο, το   drum
τούτος, -η, -ο   this
τουφέκι, το   rifle
τραβώ (τραβάω)   to make my way to, to head to (*most common meaning* to pull)
τραπέζι, το   table
τρεις, τρεις, τρία   three
τρελός, -ή, -ό   crazy
τρέχω   to run
τριανταριά   around thirty
τριανταφυλλιά, η   rosebush
τρίτος, -η, -ο   third
τριχιά, η   thick rope
τρομαγμένος, -η, -ο   scared
τρομάζω   to scare
τρόπος, ο   way
τρύπα, η   hole
τρυπώνω   to sneak in
τρώω   to eat
τσάπα, η   spade
τσέπη, η   pocket
τσιμπώ (τσιμπάω)   to pinch, to prick
τυλίγομαι   to coil, to wrap
τυφλός, -ή, -ό   blind
τυχερό, το   luck, fortunate event
τύχη, η   fortune
τώρα   now

Υ

υπακούω   to obey
υπηρέτρια, η   maid, servant
υπηρετώ   to serve, to attend
ύπνος, ο   sleep
υπόγειο, το   basement
υποδοχή, η   reception
υπομονή, η   patience
υπόσχομαι   to promise

υποφέρω, -ομαι   to tolerate, to endure
υποψία, η   suspicion
ύστερα   after, afterwards

Φ

φαγητό, το   food
φαγωμένος, -η, -ο   eaten
φαΐ, το   food
φαίνομαι   to appear, to show
φαμελιά, η   family (*colloquial*)
φανερώνομαι   to reveal oneself, to present oneself
φάρμακο, το   medicine
φασούλι, το   bean (*colloquial*)
φέγγω   to shine
φέρνω   to bring
φεύγω   to leave
φθονερός, -ή, -ό   envious
φίδι, το   snake
φιλάνθρωπος, -η, -ο   charitable
φιλεύω   to treat
φιλοξενώ   to offer hospitality, to host
φίλος, ο   friend
φιλώ (φιλάω), -ιέμαι   to kiss
φλουρί, το   gold coin
φοβάμαι   to be afraid
φοβερίζω   to threaten
φοβισμένος, -η, -ο   scared
φορά, η   time, instance
φόρεμα, το   dress
φορτωμένος, -η, -ο   loaded
φορτώνω   to load
φορώ (φοράω)   to wear, to dress
φουρνιά, η   batch (*baking*)
φούρνος, ο   oven
φουστάνι, το   dress
φρόνιμος, -η, -ο   wise, prudent
φρουρός, ο   guard
φρούτο, το   fruit
φτάνω   to arrive, to reach (8, 9, 13), to be sufficient (11)
φτέρνα, η   heel
φτερό, το   feather (13), wing (21)
φτυάρι, το   shovel
φτωχός, -ή, -ό   poor
φυλαγμένος, -η, -ο   saved for, kept for
φύλακας, ο   guard
φύλλο, το   leaf

φυλώ (φυλάω)   to guard, to watch over
φυσώ (φυσάω)   to blow on
φυτεύω   to plant
φωλιά, η   nest
φωνάζω   to call (7, 10, 12, 13), to speak loudly, to scream (15, 17, 21)
φως, το   light
φωτιά, η   fire

X

χαγιάτι, το   porch
Χαζοπετρής, ο   foolish Peter
χαιρετίζω   to salute
χαιρετώ (χαιρετάω)   to say goodbye (12), to greet
χαίρομαι   to take delight in, to be pleased
χαλί, το   carpet
χαμηλώνω   to come down, to lower
χάνι, το   guesthouse
χάνω   to lose
χαρά, η   joy
χαραμάδα, η   crevice, crack
χαρίζω   to gift, to grant
Χάρος, ο   Death (Charon)
χαρούμενος, -η, -ο   happy
χαρτί, το   paper (21), (in plural) cards (11)
χαρτοπαίχτης, ο   card player
χασάπης, ο   butcher
χειμώνας, ο   winter
χέρι, το   hand
χήνα, η   goose
χηνάρισσα, η   the lady responsible for the geese
χήρα, η   widow
χιόνι, το   snow
χιονίζω   to snow
χολοσκάω   to worry
χοντροκέφαλος, -η, -ο   stubborn
χορεύω   to dance
χορταίνω   to have one's fill
χορτασμένος, -η, -ο   full (for food)
χρειάζομαι   to require, to need
χρέος, το   debt, duty
χρήμα, το   money
Χριστός   Christ
χρόνος, ο   year
χρυσός, -ή, -ό   golden
χρωστώ (χρωστάω)   to owe
χτίζω   to wall up, to encase (18), to build (20)
χτισμένος, -η, -ο   built

χτυπώ (χτυπάω)   to hit (10, 12, 13), to knock (5, 12, 20)
χύνω   to spill
χώμα, το   soil
χώρα, η   country
χωράφι, το   field
χωρίζω   to separate
χωριό, το   village
χωρίς   without

Ψ

ψάλλω   chant, sing
ψείρα, η   louse
ψειρίζω   to remove lice from the head
ψέμα, το   lie
ψεύτικος, -η, -ο   fake
ψηλώνω   to grow taller
ψήνω   to bake, to cook
ψήσιμο, το   baking
ψοφώ (ψοφάω)   to starve (7), to die [for animals] (10)
ψυχή, η   soul
ψωμί, το   bread
ψωνίζω   to shop

Ω

ώρα, η time,   hour
ωραίος, -α, -ο   beautiful, nice
ωριμάζω   to mature, to ripen
ώσπου   until

For Product Safety Concerns and Information please contact our EU
representative GPSR@taylorandfrancis.com
Taylor & Francis Verlag GmbH, Kaufingerstraße 24, 80331 München, Germany